格桑花开

——组工干部讲故事

"格桑花开——组工干部讲故事 喜迎党的二十大"
短视频大赛专项活动办公室 编

西藏人民出版社

格桑花开
GESANGHUAKAI
—— 组工干部讲故事

遇见

总有一种遇见，温暖了流年
总有一种回眸，镌刻在心间

在这片6500万年前隆起的大地上

山有神性
——不只是千里长头觐见的冈仁波齐
　　还有那耳熟能详的喜马拉雅、喀喇昆仑、念青唐古拉……

水有灵性
——不只是长江、黄河的源头
　　蓝得令人目眩的纳木措、色林措、羊卓雍措……
　　更有那拉萨夜雨，揉碎了不尽的乡愁与爱恋

人有诗性
——一句"不负如来不负卿"迷醉了多少痴男信女
　　康巴汉子、藏家姑娘的舞步演绎沉醉的夜晚

物有特性
——藏野驴呆萌得可以融化冰雪
　　格桑花年复一年绽放着并不华贵的娇艳

岁月不居
　　千山之外、云舒水暖
雪域高原
　　布达拉宫、拉萨河畔
期待着
　　与你遇见

【序】

花开烂漫织锦绣

✍ 次仁罗布

应西藏人民出版社之邀,让我为《格桑花开——组工干部讲故事》这本书写序。正值水兔藏历新年即将到来,拉萨市里人们匆匆忙忙,都在热切地迎接新年的到来。我也忙于准备,直到藏历新年的四号才得以打开这本书。它以我区7地市为中心,辐射74个县区,把新时代里西藏各地正在发生的深刻变化呈现出来,让人们切身感受到伟大的时代,伟大的变迁。在阅读过程中,心儿随着文字从拉萨飞越到藏东昌都,又从千年雅砻跨入日喀则,再从大美林芝步入羌塘草原,最终停留在天上阿里。这是一次跟随文字的云游,整个过程却有太多的感动与震撼,是一次心的朝觐,也是灵魂重塑的过程。难怪短视频自播放以来,全网点击量已超1亿多人次,得到了社会各界的赞誉和好评,为宣传展示西藏起到了很好的效果。

81篇文章各有侧重点,但表现的主题却是新时代里我区各项事业取得的辉煌成就。通过阅读,我认识了许多的共产党人,看到了他们的初心,坚贞的信仰。隆子县玉麦乡的《信》和岗巴县吉汝村的《1+1+1=37》,以及《雪山下的忠诚》展示的是一种爱国情怀,宣扬的是"家是玉麦,国是中国,放牧守边是职责"。安多县的扎西占堆临终前,让家人给组织上交最后一笔20万元的党费。他说:"这一生是党培养了我,祖国是家,党就是我的母亲，跟党走一辈子我无怨无悔。"班戈县的好干部论白，舍小家，顾大家，一心扑在工作上，最终为了事业献出了自己年轻的生命。《绽放在5300米以上的"雪莲花"》是一支由党员干群组成的"雪莲"先锋队，为了边坝县夏贡拉山冬季交通畅通，他们每年从11月份坚守到来年的4月，踏雪卧冰，只为百姓出行安全。这些小故事，诠释了中国共产党人就是全心全意为人民服务者。讲述江达县岗托镇的《红色底蕴铺就幸福底色》，让我们重温了红色基因，回望金珠玛米开山劈石，敢于牺牲的鸿鹄之志，没有他们哪来今日幸福的生活。《来自天上阿里的三封信》让我们缅怀英雄先遣连，李狄三的遗书："生死未卜信念犹存"，字字振聋发聩，激荡人心。这是凝聚人心、昂扬斗志的铮铮誓言，为我们实现第二个百年奋斗目标、为实现中华民族伟大复兴提供了强大的精神动力。反映琼结县的《穿越千年 梦回琼吉》，让我们认识到了中华民族交往交流交融的历史，是多民族共同缔造了中华文明。洛隆县硕多镇的《家园》、定日的《一口泡菜》，彰显各民族间的亲密无间和融合融汇，是你中有我，我中有你。从这些普通人身上昭示的是人心所向，家国情怀。还有民族团结、山乡巨变、生态环保等丰富的内容，为聚焦"四件大事"、聚力"四个创建" 提供了强劲的精神力量，凝聚了人心、汇聚了民力。

短短三分多钟的视频，化作文字也就两千多字，在这样有限的体量里表现更深的思想、更多的内容、更多的情感，实在有些勉为其难。但阅读过程中感动无所不在，温暖时时袭来，正如《格桑花开》书名一样，西藏的每个地方都盛开着民族团结之花，守疆固边之花，乡村振兴之花，它们姹紫嫣红，漫山遍野，织就着中华民族伟大复兴的彩锦。

2023年3月于拉萨

目录 CONTENTS

- **序** 花开烂漫织锦绣 / 001

千年古城·幸福拉萨

- 01 石榴结籽 情暖拉萨 / 008
- 02 城关之光 闪烁古城 / 012
- 03 答卷——新时代的奋进路 / 016
- 04 遇上云上达孜 邂逅悠闲时光 / 020
- 05 千年一遇·新时代遇见新墨竹 / 024
- 06 一场特殊的婚礼 / 028
- 07 极净之美 富民之路 / 034
- 08 浓情藏文地 桃邀天下客 / 038
- 09 "一粒种子"的"奇幻漂流" / 044

世界之巅·魅力日喀则

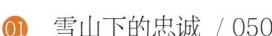

- 01 雪山下的忠诚 / 050
- 02 幸福的答卷 / 056
- 03 为了4300米的那一抹绿 / 060
- 04 一个白朗村庄里的西藏变迁故事 / 064
- 05 高擎党旗勇抗疫 越是艰险越向前 / 068
- 06 一口泡菜 / 072
- 07 1+1+1=37 "一个人一辈子一条线" 守了37公里的边境线
    ——嘎罗布的守边故事 / 076
- 08 一条古道的新生故事 / 080
- 09 从帕拉庄园到宗山抗英历史遗迹 / 084

- ⑩ 年楚源头盛放的教育之花 / 088
- ⑪ 高原踢踏舞 跳出振兴范 / 092
- ⑫ "治"享生活 湘巴有"理" / 096
- ⑬ 红心传承点燃家国情怀 / 100
- ⑭ 雅江河畔盛开的民族团结进步之花 / 104
- ⑮ 天边的一抹"红" / 108
- ⑯ 格桑摇曳 蝶影翻飞——萨迦县扯休乡吉雄村蝶变之路 / 112
- ⑰ 塔杰家的"珍藏馆" / 116
- ⑱ 老朱的选择 / 120
- ⑲ 最后一次边境巡逻 / 124

千年雅砻·藏源山南

- ① 《信》/ 130
- ② "藏戏第一村"的致富密码 / 136
- ③ 穿越千年 梦回琼结 / 140
- ④ 幸福"蜜码" / 144
- ⑤ 雅鲁藏布江畔一棵树的梦想 / 148
- ⑥ 葡萄园里的幸福生活 / 152
- ⑦ 异乡"主人翁" / 158
- ⑧ 党旗在4800米山上高高飘扬 / 162
- ⑨ 天上瑶池 人间羊卓 / 166
- ⑩ 红色隆子 盛世边疆 / 170
- ⑪ 措美县的"风光"产业 / 174
- ⑫ 且看抵边一线党旗红 / 178
- ⑬ 多彩洛扎 / 182

西藏江南 · 大美林芝

- 01 在世界至美维度 相遇秘境林芝 / 190
- 02 红旗颂 / 196
- 03 见证历史，守望山河——新时代的米林欢迎您 / 202
- 04 帕隆江畔别样红 / 208
- 05 草原牧场上的"移动堡垒" / 212
- 06 守望初心——三代人的传承 / 216
- 07 峥嵘墨脱"路" / 220
- 08 西藏边防升起的第一面五星红旗 / 224

藏东明珠 · 魅力昌都

- 01 党旗下的网红打卡点 / 232
- 02 誓言 / 240
- 03 我来守护"她"的颜值 / 244
- 04 绽放在5300米以上的"雪莲花" / 248
- 05 平凡岁月许国亦许卿 / 252
- 06 我的村干部是"Tony老师" / 256
- 07 昌都人民的"喜羊羊" / 260
- 08 红色底蕴铺就幸福底色 / 264
- 09 回家 / 268
- 10 家园 / 274
- 11 九个康巴汉子的"十字绣" / 278
- 12 甜蜜串起来的红色事业 / 282

高原明珠·羌塘那曲

01 看见"那"力量 / 288
02 从挥鞭的放牛娃到掌舵的董事长 / 292
03 党性光辉耀羌塘 / 296
04 一根"草"的"致富经" / 302
05 跑腿书记跑出来的"连心路" / 308
06 班戈忆 / 312
07 共产党员的"72变" / 318
08 民族团结幸福树 / 322
09 藏羚羊迁徙之旅 人与自然和谐共生 / 328
10 生态文明守护者 / 334
11 援藏践初心 使命铸辉煌 / 340
12 海拔5000米的"产房" / 344

▲ 安多县格拉丹东全景　摄影/熊川

藏西秘境·天上阿里

- 01 来自天上阿里的三封"书信" / 350
- 02 云上噶尔——民族融合的边陲重县 / 356
- 03 扎日南木措，比你想象中的更美 / 362
- 04 牧区改革排头兵——改则之变 / 366
- 05 为古道代"盐" / 372
- 06 "高原之舟"助力乡村振兴——普兰县牦牛运输队 / 376
- 07 天边守"湖"人 / 380
- 08 藏西秘境·壮美札达 / 384

- 后记 / 390

QIAN NIAN GU CHENG

千年古城
幸福拉萨

都说拉萨是一座"日光之城",日光必定是温暖的,而或许这种温暖就来自于这些平凡和不平凡的人之间。

▲ 布达拉宫　摄影/次仁曲桑

XIN FU LA SA

| 石榴结籽　情暖拉萨 |
| 城关之光　闪烁古城 |
| 答卷——新时代的奋进路 |
| 遇上云上达孜　邂逅悠闲时光 |
| 千年一遇·新时代遇见新墨竹 |

| 一场特殊的婚礼 |
| 极净之美　富民之路 |
| 浓情藏文地　桃邀天下客 |
| "一粒种子"的"奇幻漂流" |

[拉萨市]

石榴结籽　情暖拉萨

拉萨——西藏自治区首府，一座具有1300多年历史的古城，是西藏政治、经济、文化的中心，从唐朝文成公主和亲到著名的长庆会盟，从明代多封众建、贡市羁縻政策到清朝建立驻藏大臣制度，从西藏民主改革到中央先后召开7次西藏工作座谈会，千百年来，藏族人民和其他各族人民在政治经济文化上的交流贯穿历史发展始终，一直延续至今。

▼ 拉萨全景　摄影 / 平措旺堆

本片由拉萨市委常委、组织部部长张定成讲述。旨在反映党的十八大以来，拉萨市深入贯彻落实习近平总书记关于加强和改进民族工作的重要思想，坚持把民族团结作为战略性、基础性、长远性任务来抓，认真探索和开展民族团结宣传教育和民族团结进步创建工作，着力在创建全国民族团结进步模范区上当好排头兵，各族干部群众听党话、感党恩、跟党走的信心更加坚定，在中华民族大家庭中像石榴籽一样紧紧抱在一起，凝聚起了建设美丽幸福西藏、共圆伟大复兴梦想的磅礴力量。

都说拉萨是一座"日光之城"，日光必定是温暖的，而这种温暖或许就来自于这些平凡和不平凡的人之间，坐落于拉萨的平安大院居住着来自五湖四海、不同民族的群众，大家团结友爱、相处融洽，其中扎西、马占龙、旺堆加措、次仁曲珍夫妻等5人，他们来自三个不同的民族，在日常生活中手足相亲、守望相

▲ 次仁曲珍夫妇在直播带货　▼ 民族团结大院内邻里和谐共处互帮互助的一幕　摄影 / 达娃

▲ 雷锋车队的扎西在为游客指路介绍拉萨

助，书写着身边的民族团结故事。次仁曲珍夫妇，是一个"民族团结"家庭。这两年在党支部的带领下，他们通过直播带货，不仅把一个大棚发展成了一片，还把拉萨的生态蔬菜销到全国各地，成了当地有名的致富带头人，经常在田间地头带着群众劳作，无暇接送孩子上下学，我市"雷锋车队"的成员扎西得知情况后，主动承担起接送孩子的任务，风雨无阻。旺堆加措是一位党龄51年的退休干部，退休不褪色，随时亮明党员身份、树立形象，从小事做起，积极帮助大院里的邻居们解决难题，在他的带领下，大院里的其他邻居们也纷纷参与进来，马占龙也成为了其中一员，同旺堆加措一道为大院里的家家户户排忧解难，在点滴之间，凝聚邻里之情。一个个不同民族的面孔，每天都在上演着一幕幕和睦共处、守望相助的故事，如那紧紧簇拥的石榴籽，时刻心心相依，永远抱在一起⋯⋯

扫码观看《石榴结籽 情暖拉萨》视频

[城关区]

城关之光 闪烁古城

城关，海拔3658米，是日光之城拉萨的中心，年日照达3000小时以上。城关之光是雄伟壮阔、神奇瑰丽的自然风光，是悠悠岁月、气势恢宏的历史时光，更是体现人文精神和文明进步的人文之光。

玛布日山上静静矗立的布达拉宫是无数人心中向往的圣地，拉萨河涓涓流淌滋润养育着城关人民，拉鲁湿地作为"拉萨之肺"千百年来温润守护在这里，南山公园里有苍劲茂盛的松柏……在这里，你能看到绿水青山，也能见识冰天雪地。在这里，文明与和谐共生，人与自然一体，绘就出城关的自然风光。

▶▶▶

▲ 城关区全景　摄影 / 陈海兵

▲ 冬雪后的布达拉宫　摄影/陈良　▼白定村支沟　摄影/陈海兵

▲ 拉萨夜景 摄影 / 玉珠多杰

◀◀◀

那是一段被后人永久传颂的佳话，历经两年多艰苦光荣的旅途，唐朝文成公主最终来到拉萨完成了入藏和亲，对这里的经济发展和社会进步作出了突出贡献。细数一位位不远千里来到城关的历任驻藏大臣，他们的名字在历史上灿若星辰……在历经1300多年的沉淀后，这里早已成为旧与新相结合，包容与进步相适应的地区，31个民族在这里团结共生，镌刻出城关的历史之光。

一代又一代接续援藏的教师，几十年如一日扎根在这里教书育人，他们用爱护梦引航，成为了"光"的播种者。一批批赶赴西藏班（校）读书学习的莘莘学子，离开家乡时，他们胸怀梦想，毕业返乡时，他们在这里筑梦起航，他们是一个个奋发有为的创业者，成为了城关的新生力量。那日夜守护在街头巷尾的公安民警、日夜奋战在工作岗位的广大劳动者、披星戴月上街清扫的环卫工人……他们在平凡中创不凡，在千百年文化与历史的熏陶下，造就出城关的人文之光。

扫码观看《城关之光 闪烁古城》视频

[堆龙德庆区]

答卷——新时代的奋进路

党的二十大召开之际，人们充满期待。堆龙德庆区数十年砥砺奋进，认真贯彻落实新时代党的建设总要求和组织路线，聚焦"四件大事""四个确保"，聚力"四个创建""四个走在前列"，把政治建设、思想建设、队伍建设、组织建设深度融合，以昂扬的斗志，脚踏实地的成就，为人民群众献上新时代奋进路的答卷，满怀信心迎接党的二十大胜利召开。

堆龙德庆区位于西藏自治区中南部，拉萨市西部，总面积2704.25平方千米，辖3个街道、3个镇。堆龙德庆，藏语意为"上谷极乐之地"，但早期堆龙群众的衣食住行都比较困难。简陋的住房，所谓的房屋就是黑帐篷；寥寥的食物，哪怕糌粑都是吃了上顿没有下顿，所谓的甜茶，都是用树皮、木屑煮水；落后的医疗技术，全堆龙仅有4个老藏医；闭塞的交通，到隔壁乡或者村朝出夕归已成然，甚至有时人生病到了医院，气也没了；好不容易通的电，修的时间比用的时间还长；干旱成沙的土地，老百姓只能背着木桶一点点地浇，浇得还没干的快……

"我们一定要干下去！"就是抱着这样的信念，一代代堆龙人扎进了堆龙建设中，从"老西藏精神"的缔造者，到一代代实践者、传承者，"老西藏精神"在赓续中焕发出跨越时代的力量。如今，时过境迁，沧海桑田，我们堆龙人用实际行动向党和人民献上我们的答卷。我们攻坚克难，与全区各族人民一道完

▲ 街道党工委书记同群众调研青稞收成情况　摄影／艾洛桑　▼ 堆龙德庆区全景　摄影／索朗多杰

▲ 团区委书记到学校考察教学情况　摄影 / 阿旺尼玛　▼ 乡镇党委书记为高海拔搬迁安居户贴对联　摄影 / 颜财兴

成了脱贫攻坚，实现了奔向小康的目标，正踔厉奋发推进乡村振兴建设。功能配套的安居小区，飘扬的五星红旗，群众脸上满意的笑容，在回答；118条街道，467千米城市道路，G318和G109国道贯穿堆龙南北，G9高速公路直奔首都北京，日夜不休指引人们前行的信号灯和路灯，在回答；覆盖城乡的医共体，现代化诊疗体系，全面的医疗保障，在回答；破晓黎明时供应全西藏的大型农贸市场，鲜甜可口的时节果蔬，在餐桌上天南海北的食物，在回答；唯美幽静的堆龙河谷，沉甸甸的青稞穗，绿油油的堆龙河两岸，一片片现代农业产业园，在回答；冬暖夏凉的教室，一阵阵的朗朗读书声，一封封高考录取通知书，在回答……

群众的幸福指数，体现着干部的作风指数，堆龙德庆区始终传承着这份"干下去"的信念，不断加强干部队伍建设，坚持以平时考核为抓手，不断推动过程管理和结果检验相统一，以永远在路上的坚韧执着抓作风、促党风、凝民风，以实际行动践行七个排头兵要求，不负人民重托、无愧伟大时代，为实现中华民族伟大复兴，建设团结富裕文明和谐美丽的社会主义现代化新堆龙贡献力量。

站在奋进新征程的路口，面向未来，相信我们的答卷，会越来越好。

扫码观看《答卷——新时代的奋进路》视频

[达孜区]

遇上云上达孜 邂逅悠闲时光

初夏周末,驾车迎着清晨和煦的阳光从拉萨出发,一路向东20千米,来到拉萨东大门云上达孜。历经668年岁月流转的土地,处处皆诗意,遍地是物华。得益于拉萨河水的滋养,达孜有水草丰美、清净悠然的田园风光,林卡胜地数不胜数。每到夏天,达孜的河谷、湿地便热闹起来,前来过林卡的游客络绎不绝。

▶▶▶

▲ 秀美的达孜林卡　摄影 / 汤雪华

▲ 享受悠闲时光　摄影/汤雪华

第一站是唐嘎乡湿地林卡，唐嘎乡充分开发特色乡村休闲旅游，将生态湿地打造成汇集山水林草于一体的景观，形成"林中有鸟、水中有鱼、栈桥交错、人影穿梭"的人与自然和谐共生景象。在这里和群众一起跳锅庄、过林卡、吃火锅，饭后再吃脆甜多汁、口感细腻的"黄瓤西瓜"，眺望排列整齐的温室大棚，漫步在田间地头，空气中是收获的芳香，土地里孕育着生活的希望。景色秀美的河谷间，一座座温室大棚不仅带动了观光农业的发展，更为群众带来了致富创收的途径。走进温室大棚，翠绿的黄瓜挂满藤蔓，酸甜的西红柿颗颗饱满，清香的无花果让人垂涎欲滴……采摘鲜果蔬菜，是大家游玩的热门选择。采摘，也让本地群众乐享"甜蜜经济"。

下午，沿着318国道一路向西，寻找湿地秘境。首先映入眼帘的是巴嘎雪湿地，巴嘎雪湿地是冷水鱼的绝佳繁衍之地，也是藏狐、猞猁、斑头雁等各种珍稀野生动物的栖息天堂。在路边眺望，是一幅幅人与自然和谐共处的绝美画卷。再往下走，来到黑颈鹤核心自然保护区的金色池塘，碧波荡漾里，鹤舞翩跹，一抹温情冲淡了高原寂寥的初夏时节。

◀◀◀

穿过县城，来到新仓村的薰衣草庄，蔚蓝天幕下，千亩薰衣草汇成紫色的海洋，风吹十里，朵朵玫瑰花色绮丽，暗香涌动。生态经济两相宜，让"绿水青山"变成"金山银山"，达孜人深谙此中道理，也为此付出不懈的努力。

回到达孜县城，到达孜工业园区吃上一顿热腾腾的阿佳牦牛肉火锅，结束一天悠闲的旅程。返回拉萨的途中，看着达孜山坡逐渐披上的绿衣，依然回味悠长，达孜人接受着大自然的馈赠，也世代守护着这片净土。

遇上云上达孜，漫步秀美林卡，邂逅悠闲时光。

扫码观看《遇上云上达孜 邂逅悠闲时光》视频

格桑花开——组工干部讲故事

▲ 晚秋的云上达孜　摄影 / 旺珍

[墨竹工卡县]

千年一遇·新时代遇见新墨竹

墨竹工卡，灿烂吉祥，它是松赞干布的故乡……明朗欢快的旋律洒满日新月异的大地、应和和同秀美的人文。翻开历史长卷，古朴的村庄换了崭新容貌，文成公主走过的道路通达南北，静谧的土地萌生农牧区产业，一代又一代墨竹人踏寻先辈的足迹、翻开新的篇章。

诗和远方，不必强求以梦为马，恰好遇见醉美墨竹。

窑烧千年，墨竹革故鼎新。近年来，墨竹工卡县积极探索塔巴陶瓷的活化之路，与南京弥盛陶瓷深度合作，以传统民族手工艺为主、现代科技工艺为辅，开发了200多个高品质、精细化、多元化陶瓷产品，古老的手工艺焕然一新，以茶壶、香炉、咖啡杯、冰箱贴等崭新的面貌融入了墨竹群众的生产生活。2006年，距今已逾1200年，在地域与文化的交流碰撞中脱胎换骨的塔巴村民间传统制陶技艺，被列入第一批西藏自治区非物质文化遗产名录，承载着墨竹人民对美好生活的向往，正逐步走向更加广袤的天地。

时维盛夏，墨竹金黄遍地。七月，雨季来临，充足的日照、丰沛的雨水与援藏事业一道，洒在翻耙整齐的土地，滋养悉心种下的小油菜，泽润墨竹群众勤劳致富

▲ 制作塔巴陶瓷 摄影/洛克 ▼ 墨竹工卡县小油菜花田 摄影/洛克

格桑花开——组工干部讲故事

▲ 墨竹工卡县油菜花田　摄影 / 洛桑克珠

的希冀。今天，在不算肥沃的土地上并力生长的小油菜，沿着穿县而过的318、349国道映日绽放，铺开了一条围绕"小油菜种植""菜籽油加工"和"油菜花观光"为核心符号的产业振兴"金黄大道"：2018年，墨竹小油菜籽获批"国家地理标识证明商标"；2020年到2022年，墨竹小油菜籽油累计销售额达1860万元。

奋进新时代，墨竹人才熙攘。"智志双扶"与"融合式"援藏相撞满怀，翻开墨竹大学生就业创业新篇章，持续开办三届的"格桑花开·大学生就业创业南京特训营"，通过1+3+N的特训模式（即一个月封闭式集训、三个月企业跟岗见习、掌握N种技能），彻底打通大学生从"学校门"到"单位门"最后一公里，织绘了本土人才投身"建设美丽幸福西藏 共圆伟大复兴梦想"的时代盛景；"格桑花开'人才+''平台+''品牌+'"计划，向"引进来、走出去"发力，让墨竹"携手南京、放眼全国"的道路越来越宽广。

十载非凡成盛景，墨色竹韵正华年。党的十八大以来的十年，是中华民族发展历史

▲ 墨竹工卡县甲玛沟风光　摄影 / 洛桑克珠

上极不平凡的十年，也是墨竹"精彩蝶变、赶超跨越"的十年。这非凡的十年，墨竹工卡县始终坚持以习近平新时代中国特色社会主义思想为指引，一张蓝图绘到底，一任接着一任干，演绎了从"蓝图"到"实景"的沧桑巨变，点缀了"团结富裕文明和谐美丽"的时代之梦。

新征程常在脚下，新使命铭记于心。新时代墨竹人必当坚定信心，主动作为，冲锋在前，唯旗是夺，以"抢前争先"的意识只争朝夕，以"一往无前"的决心奋勇争先，努力在墨竹新征程上续写崭新华章！

扫码观看《千年一遇·新时代遇见新墨竹》视频

[林周县]

一场特殊的婚礼

人们常说，婚礼是一场为数不多的相聚，也是一段千里迢迢的奔赴，更是一次次不计得失的支持。在特定的环境中，林周县三岩搬迁安置工作专班民警刘刚的婚礼确实来之不易。

在全面建成小康社会、实现第一个百年奋斗目标进程中，西藏是全国"三区三州"唯一省级集中连片特困地区，"三岩"片区却是西藏脱贫攻坚中的"难中之难、困中之困、坚中之坚"。为确保全区各族群众同全国人民一道迈入小康社会，2018年，自治区党委、政府作出了"三岩"片区跨市整体易地扶贫搬迁的重大决策，林周县为做好搬迁群众安置工作，从全县抽调十余名党员干部组成工作专班，全面负责搬迁群众的安置工作。

▶▶▶

▲ 林周县委组织部及康姆桑村全体村民为刘刚及其妻子举办了一场隆重的藏式婚礼　摄影 / 李娜

▲ 林周县易地搬迁安置工作中，康姆桑村驻村工作队队员索朗多吉为村里儿童辅导课业　摄影 / 李娜

刘刚作为专班一员，在2020年初，组织抽调到专班工作时，人还被疫情困在湖北武汉，原计划在春节举行的婚礼也就被迫停了下来。4月8日，武汉"解封"后，刘刚在第一时间便奔赴高原，全身心投入到服务搬迁群众当中。几年来，他和同事们为搬迁群众的耕地、饮水、教育、医疗、就业等民生问题而整天忙碌，由于不规律的生活和自我加压，让责任心极强的他经常性失眠，随着抵抗力下降，他患了严重的胃病，先后两次住院治疗，不到35岁的他三颗牙齿随之脱落。更让人不能接受的是，本该举办的婚礼也是一拖再拖。在这期间，组织多次为他送来了无微不至的关怀和温暖，甚至下"逐客令"都无法改变他"立下的愚公志"。但是他和同事们却圆满落实了县委、县政府出台的青稞补偿、土地流转等100多项务实举措，不仅实现了"稳得住、能致富"的目标，而且开创了"融入好、感党恩"的新局面。

▲ 康姆桑村村委会主任旺杰为刘刚和专班干部颁发荣誉村民证书　摄影／李娜

▲ 林周县易地搬迁安置工作之余，康姆桑村警务站内勤、专班后勤刘刚与村里少年一同踢足球

▲ 康姆桑村专班党支部书记、警务站站长平措及警务站内勤、专班后勤刘刚为村民进行普法

峭壁雪莲尽情绽，油菜青青笑开颜。然而，就在林周各级领导为刘刚婚事操心时，通过搬迁已经过上好日子的康姆桑村村民也没有忘记这个汉族小伙。2022年7月22日，经过林周县委组织部协调，由康姆桑村村主任旺杰出面，他代1360名村民正式邀请刘刚妻子汪丹到康姆桑村做客，并正式为他们夫妇举办了这场特殊的藏式婚礼。在婚礼现场，旺杰主任还代表全体村民，为一直工作在搬迁安置点上的平措、群珠等十几名专班的干部颁发了证书，授予他们为康姆桑村"荣誉村民"。

乘风破浪潮头立，扬帆起航正当时。恰逢自治区党委组织部开展"格桑花开——组工干部讲故事 喜迎党的二十大"活动，林周县委组织部组织专人对这场特殊而有意义的婚礼进行全程拍摄。参加完婚礼，县委组织部部长米玛次仁表示："其实我的内心感触很深，也很感动。在基层，这是第一次由群众自发给专班干部办婚礼，当时村委会主任给我提起的时候，我想组织应该多关心基层干部，特别是刘刚这样长期夫妻分居的干部，所以我们就把刘刚的妻子请了过来。"

早在2022年初，林周县青年作家张申酉通过蹲点式采访，撰写了反映林周县三岩搬迁安置工作专班的中篇报告文学《雪域如此多娇》。短视频《刚子的藏式婚礼》就是这部报告文学中"时代还欠他一个婚礼"的延续和升华。

真爱无价，延绵万里雪山俯首含笑；藏汉有情，成全一对新人幸福美满。这场特殊婚礼，不仅展现了搬迁群众焕然一新的精神面貌，而且折射出在党的领导下融洽的干群关系，还体现了民族团结的喜人景象，更加表达了群众对党和政府的高度认可和一心一意听党话、跟党走的决心！

扫码观看《一场特殊的婚礼》视频

林周风光 摄影 / 达瓦平措

▲ 当雄锅庄　摄影 / 珠扎

[当雄县]

极净之美　富民之路

有一个地方，有山有水，山是高耸云端的念青唐古拉山，水是清澈圣洁的纳木措；有光有热，光是亚运圣火绚丽的光，热是喷涌而出的羊八井地热；有梦有歌，梦是奋进梦，歌是逐梦歌。这里是您的诗和远方，这里是天选的牧场——极净当雄。

当雄县立足资源禀赋，把握拉萨市唯一纯牧业县的定位，牢固树立"绿水青山就是金山银山、冰天雪地也是金山银山"的思想，贯彻新发展理念，坚持党建引领产业发展，积极推进文旅融合发展，讲好当雄故事，传递非遗特色，打造"极净当雄"区域品牌，成功创建国家级全域旅游示范县和生态文明建设示范县。如今的当雄，生态环境持续向好，乡村振兴全面推进，群众福祉明显增强，高原好水天眷之地生动写照出一幅在党旗下牧民群众欢声笑语、载歌载舞的惬意画卷。

清晨，站在"行者·黑帐篷"前，倒上一杯甜茶，让人心旷神怡；中午，漫步在纳木错旁，手指划过湖水，品悟心灵的恬静；夜晚，躺在"星空帐篷"，仰望满天繁星，展望新征程。奔驰在赛场的骏马少年用绝不服输的精神砥砺前行，蔬菜大棚中忙碌不停的干部群众拼搏奋斗，这些汇聚成新时代当雄人昂扬奋进的真实写照。

当雄县不仅是国家全域旅游示范县、国家生态文明建设示范县，更是牧区人民心中火热幸福的发源地，它始终擦亮"稳定、发展、生态、强边"的底色，努力把自己建设为绿色可持续发展的先锋模范县。在当雄每一个人的脸上，您都能看到那浅浅的微笑，那是追逐梦想的微笑，那是心愿达成的微笑。奋斗正当时，逐梦展雄心。

扫码观看
《极净之美 富民之路》视频

▲ 当雄姆蓝雪山　当雄县融媒体中心提供

▲ 当雄县全景 摄影 / 索朗珠扎

[尼木县]

浓情藏文地 桃邀天下客

尼木，在藏语里意为"麦穗"。在尼木，种植是一种很普遍的现象，夏季，绿油油的麦苗好像大地上铺了绿毯；秋季，金黄色的麦穗在麦田里像波浪一样随风起舞。近几年，尼木县直面"自然条件较差、地理位置偏远、资源禀赋不足、自身财力较弱"的实际，研究制定《尼木县各乡（镇）、村（居）产业发展方向的意见》，提出"一乡一业、一村一品"产业发展思路，确定4个县级、12个乡级、62个村级产业项目发展方向，特色产业多点开花、亮点纷呈。

清晨，风吹过林间，卡如乡的桃园送来阵阵果香，一个个粉嫩的大桃子挂满枝头，引的人垂涎欲滴。2017年3月以来，卡如乡党委副书记王荣华，一心扑在桃园，精心钻研，克服区外果树初到高原的各种不适应，用5年时间将70亩直径1厘米、高度50公分的树苗精心栽培成如今长至2.5米高的一片桃林，成为一名地地道道的"种桃专家"，也使卡如乡的桃子成为当地村民增收致富的特色水果。

与此同时，尼木县藏鸡标准化养殖基地内，"尼木鸡哥"曹广磊正在鸡舍中小心翼翼地捡起新鲜的鸡蛋，一个个又圆又大的"金蛋蛋"实现了群众持续稳定增收。鸡蛋的装箱完成，只是一天工作的起始，养殖间的卫生清洁、消毒、疫苗等这些容易导致鸡群染病死亡的问题，才是一天工作的重点。

▲ 产业干部王荣华在产业园区向群众传授种桃知识　摄影／刘晓玉

▲ "点对点"产业干部曹广磊在指导藏鸡疫苗工作　摄影／宋建

▲ 产业丰收后农牧民群众喜悦地合影留念　摄影／洛桑次仁

▲ 县委组织部看望慰问基层产业干部　摄影 / 洛桑次仁

▲ 县委组织部向优秀"点对点"产业干部授予荣誉证书　摄影 / 洛桑次仁

◀◀◀

樱桃红了，日子也火了。樱桃姑娘德吉从农业大学毕业以来，在尼木这片热土上扎根了15年，只为干好一件事，那就是把高原的大樱桃培养到开花结果。刚开始，在没有任何经验的情况下，德吉边学边干，把一棵棵樱桃树种成了"摇钱树"，帮助附近村民一步步实现从"靠天吃饭"到"靠科技吃饭"的转变，把乡村振兴的美丽画卷描摹的愈加生动、真实。

发展特色养殖是助力尼木乡村振兴不可或缺的一部分，尼木的特色养殖中要数尼木乡日措村的养殖更有成效，提升村民自身"造血能力"的效果更加明显。身为第一书记的马安阳，从养殖牦牛一窍不通到现在规范有序，付出之多，我们无从想象。同时，作为尼木县一名"汉族女婿"，他乡变故乡，群众是亲人，带领当地群众一起致富，让群众过上越来越好的生活是他的使命，也是他的目标。

特色产业进一步发展，村集体经济进一步壮大，不仅激发了各族群众的内生动力，也给了广大党员干部极大的鼓舞。

以吾辈之梦想，浇灌高原的格桑，以尼木党员的党员梦，铸就尼木发展的红色梦，助力西藏和祖国崛起的复兴梦！

扫码观看《浓情藏文地 桃邀天下客》视频

▲ 雪山巍峨　尼木县融媒体中心提供

[曲水县]

"一粒种子"的"奇幻漂流"

曲水县位于拉萨市西南部,地处雅鲁藏布江和拉萨河交汇处的河谷地带,藏语古称"吉麦",意为"河流交汇之邦"。总面积1610平方千米,常住人口4.2万人,是拉萨海拔最低、含氧量最高的好地方。近年来,曲水县在党的关怀下和对口支援城市的援助下,大力发展乡村特色产业,带动群众持续增收致富。

曲水流觞,等您来赏。让我们一起揭开曲水历史文化的神秘面纱……相传,吐蕃时期,文成公主进藏时,途经曲水这片土地,便将从大唐带来的种子播撒在这里,从此,这片土地便孕育出了生机与活力。

这是一粒希望的种子。 今天的曲水,在中国共产党的坚强领导下,一路跨越奋进,建成了西藏第一座跨江大桥、第一条高速公路、第一个国家级农业示范园区。如今的曲水,一个个园区"沃地开发"、一条条产业"长藤结瓜"、一家家企业"遍地开花",形成了"两岸两线五园九基地"的区域发展格局。

这是一粒文明的种子。 在漫长的历史岁月中,曲水孕育了西藏唯一的渔村文化——俊巴渔村,这是西藏乃至青藏高原最为出名的一个世代以打鱼为生的村落,还有着国家级非物质文化遗产"协荣仲孜"野牦牛舞和"廓孜"牛皮船舞。发展奋进中的曲水,通过"1+3"(党建引领,文化+旅游+就业融合)的模式焕发了古老文明的生机与活力,雪域桃源、圣地渔村正在奏出欢快的新乐章。

▲ 曲水县才纳园区大棚种植的圣女果　摄影 / 达瓦曲旦　▼ 非物质文化遗产协荣仲孜面具　摄影 / 达瓦曲旦

▲ 曲水县才纳园区果园　摄影 / 达瓦曲旦

这是一粒生态的种子。曲水，地处拉萨河谷，曾经在春秋季节时常风沙漫天，在一批批干部职工、党员志愿者和各族群众的共同努力下，如今的曲水有着西藏第一个野生动物园，独具特色的沟域旅游，天然湿地升级为生态休闲长廊，处处绿意盎然，成为拉萨名副其实的"后花园"，生动诠释了"绿水青山就是金山银山"的生态理念。

这是一粒团结的种子。在曲水，最绚丽的花朵就是民族团结之花，这里有西藏第一个易地扶贫搬迁村，一户又一户的民族团结家庭，各族群众"共融共荣"，有形有感有效铸牢中华民族共同体意识，共同建设伟大祖国、共同创造美好生活。

这是一粒幸福的种子。幸福生活都是奋斗出来的。文成公主那一把谱写历史的种子，在党的光辉照耀下，依靠各族群众的勤劳与付出，在曲水遍地开花，汇聚成了姹紫嫣红、

▲ 如今的曲水　摄影 / 达瓦曲旦

欣欣向荣的格桑花！曲水先后获评国家生态文明建设示范区、全国农村创新创业典型县和全国脱贫攻坚先进集体等重大荣誉。

经过世代曲水人民的勤劳与付出，曲水县从昔日的贫困乡变成了闻名遐迩的富裕县，如今的曲水，鲜花斗艳、桃李飘香、温室连片，道路宽敞、房屋林立、整齐有序，产业兴旺、生态宜居、乡风文明……汇聚成一株民族团结、欣欣向荣的格桑花！

扫码观看《"一粒种子"的"奇幻漂流"》视频

SHI JIE ZHI DIAN

世界之巅
魅力日喀则

| 雪山下的忠诚 |
| 幸福的答卷 |
| 为了4300米的那一抹绿 |
| 一个白朗村庄里的西藏变迁故事 |
| 高擎党旗勇抗疫 越是艰险越向前 |

| 一口泡菜 |
| 1+1+1=37 "一个人一辈子一条线"守了37公里的边境线 |
| —— 嘎罗布的守边故事 |
| 一条古道的新生故事 |
| 从帕拉庄园到宗山抗英历史遗迹 |

MEI LI RI KA ZE

有一种信仰,值得我们倾其所有。

有一股力量,支撑我们战胜高原苦寒。

有一场相遇,让我们泪流满面。

喜马拉雅,雪山之巅,见证着珠峰儿女的忠诚担当,见证着祖国西南边陲的安宁。

| 年楚源头盛放的教育之花 |

| 高原踢踏舞 跳出振兴范 |

| "治"享生活 湘巴有"理" |

| 红心传承点燃家国情怀 |

| 雅江河畔盛开的民族团结进步之花 |

| 天边的一抹"红" |

| 格桑摇曳 蝶影翻飞——萨迦县扯休乡吉雄村蝶变之路 |

| 塔杰家的"珍藏馆" |

| 老朱的选择 |

| 最后一次边境巡逻 |

[日喀则市]

雪山下的忠诚

有一种信仰，值得我们倾其所有。
有一股力量，支撑我们战胜高原苦寒。
有一场相遇，让我们泪流满面。
喜马拉雅，雪山之巅，见证着珠峰儿女的忠诚担当，见证着祖国西南边陲的安宁。

"5592"

"5592"，对大多数人来说只是个数字，对于坚守在这里的边防官兵来说，这里却是承载着军人使命的高地，是他们誓死捍卫的阵地。

西藏军区岗巴边防营，是全军驻地海拔最高的建制营，管控防区百余公里边境线和通外山口，常年守卫着共和国平均海拔最高、自然条件最差的边防线。这是一支英雄的部队，一个响彻全国的名字。

"5592"观察哨是祖国海拔最高的驻兵点，自然环境极为恶劣，盛夏7月，依旧寒风呼啸、狂风肆虐，平均气温只有零下3℃。战严寒、斗风沙、抗缺氧，早已成为日常生活中的一部分。

这里，距界碑很近，离繁华很远。"绝不把领土守小了、绝不把主权守丢了！"战士们常年坚守在生命禁区，宁可透支生命，也绝不亏欠使命。为了这份信念，有的年轻的生命永远地留在了雪山之下。其中，最小的仅18岁……

▲ 岗巴营5592哨所士兵在边境线插中华人民共和国国旗 摄影/西热坚参

■ 云中哨所阿妈啦

这是一张些许斑驳的老照片，也是达吉老人心中的痛，照片中靖班长和两位战士在执勤中不幸牺牲。照片成了老人难以释怀的牵挂。

位于喜马拉雅山南麓的詹娘舍，海拔4655米，藏语意为"雪山孤岛"，因终年被云雾遮绕又被称为"云中哨所"，一年有8个月大雪封山，很多战士经常吃不上新鲜蔬菜，出现了头发脱落、手指脱皮等身体严重受损的症状。"让保卫边疆的战士吃上新鲜的蔬菜"，成了亚东县仁青岗村达吉、次仁曲珍、普赤三个好姐妹共同的心愿。

从1982年起，她们每周两到三次，每人背着20多公斤的蔬菜和物品从2900米的亚东县出发，穿越原始森林区、乱石峭壁区、冰雪封冻区和风雪冰冻区，徒步9个多小时给哨所送补给。这条艰险的拥军天路一走就是40年，她们足迹遍及詹娘舍、则里拉、东嘎拉等10多个哨所，累计送菜100余吨、收发邮包5万余件，往返里程超过7万公里。

40年间，达吉、次仁曲珍、普赤三位美丽端庄的"阿佳"（姐姐）变成了两鬓斑白的"莫啦"（奶奶）。变的是时间，不变的是坚持。哨所的战士不断轮换，而她们的步履从未停止，被一批又一批的战士们亲切地称为阿妈啦。

"现在，我们还能动，还要继续做，将来要把这个交给我们的下一代。"未来，这条用40年时间铸就的民拥军、军爱民的"拥军路"还将生生不息、延续传承。

▲ 三位老阿妈与战士　达吉提供

▲ 日喀则市委常委、组织部部长张思聆听达吉老阿妈与詹娘舍哨所战士们的感人故事　摄影／张丽娜

▲ 岗巴营5592哨所士兵在进行宣誓　摄影／西热坚参　▼ 岗巴县军警民边境巡逻员整装待发　摄影／桑旦次仁

做那朵格桑花

万家灯火璀璨的背后,是每一个守边人的默默奉献和艰辛付出。在日喀则一千七百多千米的边境线上,一支支由人民解放军、公安民警、医护人员、党员干部和各族群众共同组成的戍边守边队伍,像格桑花一样扎根边陲、默默奉献,保卫着祖国的领土,守护着人民的生命安全。

西藏和平解放70多年来,一代代奋斗者守护边陲、建设边疆,在雪山脚下践行忠诚誓言,在珠峰之巅创造"人间奇迹"。

扫码观看《雪山下的忠诚》视频

[桑珠孜区]

幸福的答卷

沿着踏寻珠峰的足迹，就可以来到雅鲁藏布江与年楚河的交汇地——桑珠孜区，素有"青稞之乡""美丽庄园"的美誉。在这里有一个鲜花盛开的搬迁村庄——日喀则市桑珠孜区江当乡郭加新村，坐落在通往日喀则和平机场的拉日高速旁，是日喀则市规模比较大的一个易地扶贫搬迁安置点，一个鲜花盛开的搬迁村庄，错落有致的藏式二层小楼，富有民族特色的庭院广场，宽敞、整洁，一片祥和的景象。

郭加新村的村民大部分曾经生活在海拔4500米左右的环境下，随着易地扶贫搬迁政策的落实，村民们都搬迁到了海拔较低，生态环境较好，生活条件便利的郭加新村，现如今的郭加新村环境优美，基础设施配套齐全，村民们安居乐业。

郭加新村是在党的惠民政策和援藏省市山东省青岛市的支持和援助下，统一建造的民用住房，同时为每家搬迁户配置相应的生活家具，包括电视机、冰箱、洗衣机等。电路、通讯、网络等基础设施完善，农村社区综合服务、室外活动场所和村民基础健身活动器材一应俱全。

在党的惠民政策的支持下，郭加新村大力推进德琴阳光庄园有限公司等8家大型企业落地落户，并依托"光伏小镇"6个产业项目，推行"支部+合作社+农户"发展模式，先后成立了娟姗牛养殖、民族手工业等4个合作社，让搬迁群众不离乡不

▼ 桑珠孜区全景　桑珠孜区文旅局提供

◀◀◀

离土、就近就便增收,真正实现搬迁群众搬得出、稳得住、能发展、可致富。如今,产业兴旺、生态宜居、乡风文明、治理有效、生活富裕的新农村景象正在郭加新村变成现实。

郭加新村秉持"围绕发展抓党建,抓好党建促发展"的工作理念,进一步丰富和完善党建工作机制,用党建"红色引擎"引领乡村振兴跑出了"加速度"。

从郭加新村简简单单的幸福、实实在在的变化中,时刻印证着"我们坚守底线,筑牢防线,社会大局全面稳定;改革创新,锐意进取,经济社会健康发展;绿色优先,强化治理,生态环境愈发靓丽;我们守正创新,固根塑魂,思想文化繁荣发展;我们举旗坚定,党建统领,党的建设全面加强"。郭加新村的幸福答卷,还将在这里继续书写。

扫码观看《幸福的答卷》视频

▲ 村民在欢度旺果节 郭加新村提供　▼ 郭加新村村民在光伏电站前合影　日喀则市委组织部提供

[昂仁县]

为了4300米的那一抹绿

曾经，这片土地"砂石遍地、寸草难寻"，是典型的"无树村"，每当沙尘来袭，日喀则市昂仁县秋窝乡当通村就如被吞噬在沙瀑里。如今，这里3000余里沙棘地，2000余棵杨柳树，山涧里流淌着澄澈的泉水，遍野是葱郁吐翠的植被，林荫密布、绿意婆娑，生机盎然、蔚为壮观。置身其中，很难想象这里曾经是寸草难生的荒地，很难相信这是一个平凡人用了33年造就的人间美景。

1989年，退伍后当选村党支部书记的扎西平措前往山南市看望亲友，一路上的流青滴翠的青山、蜿蜒流淌的河流、婀娜多姿的花朵，让他流连忘返。谁也没有想到，就是这一次寻常的外出，让家乡春色满园关不住的"植树梦"在扎西平措心中点燃，彻底改变了他的人生轨迹，与植绿结下了不解之缘。"有多大的本事，就干多大的事。"回到当通村的扎西平措在海拔4300米、砂石遍地的当通村开始以梦为犁，深耕细作，植树造林。

时光如白驹过隙，17年一晃而过，绵绵用力，久久为功的耕耘终于得到了回报。2006年的夏天，村庄裸地披绿，树林郁郁葱葱，每每微风袭来，绿林虽无言，但恰似在致意，扎西平措梦想成真，百感交集。然而，成功没有所谓的一蹴而就，有的只是日积月累的坚持。2007年，一场突如其来的洪水将他饱含心血和汗水的树木冲毁殆尽，往昔的努力瞬间化为泡影。这一刻，懊恼、沮丧、

▲ 植树后布玛村生态环境越来越好　摄影 / 龚志远

▲ 干部群众在金措湖畔植树　摄影 / 张志宏

▲ 扎西平措在种树、浇水　摄影 / 旦增南木加

悔恨涌上他的心头，"洪水来了"也成了村民打趣他的玩笑话。面对是否还要坚持的又一个"岔路口"，扎西平措没有气馁、重整行装，再次启程，此时除了家人的支持，没有人能理解扎西平措继续种树的意义。他汲取教训，理清思路，改进做法，每天天一亮就带着糌粑骑着驴往县林草局、乡政府争取树苗，早出晚归搬石头修建堤坝，自费购置网围，为植绿、护绿添了一份保障，多了一份坚守。又是16年的坚持，扎西平措为了心中的那片绿，守初心，不懈怠，把一生奉献给了当通村，用辛勤的汗水和默默耕耘，换来了茫茫高原无言矗立的"千棵树""一片林"，一草一木，一林一景，镌刻着他的坚持与梦想。在他的感染下，当通村46户225人主动加入到了植绿队伍，一年接着一年干，一棒接着一棒跑，一代接着一代干，战天斗地，改天换地，33年的生态接力终究创造了荒原变林地、荒山变绿洲的绿色奇迹。

如今的昂仁各族人民，牢记习近平总书记的嘱托，在扎西平措这样一批人的带动下，绿水青山就是金山银山、冰天雪地也是金山银山的理念深入人心，越来越多的群众自发加入"护绿、植绿"的队伍中，桑桑生态湿地自然保护区、多白乡苗圃基地、布玛村休闲旅游度假中心等生态保护区和生态旅游产业相继建立，曾经被风沙吞没的日子已经远去。条条道路种绿树、处处湖边皆风景，生态"含绿量"、发展"含金量"齐头并进，生产发展、生活富裕、生态良好的发展道路越走越坚实，4300米的土地上绿意盎然、人民幸福。

扫码观看《为了4300米的那一抹绿》视频

[白朗县]

一个白朗村庄里的西藏变迁故事

这里是年楚河畔，沃野千里，被誉为"西藏粮仓"。"全国蔬菜看寿光、西藏蔬菜看白朗"已成为美誉。"从不肯种到抢着种，从老三样到新品种，从贫困村到富裕村。"近30年来，在果蔬飘香的致富路上，白朗人齐心协力、接续深耕、与土地一起成长，创造了乡村发展的神奇故事。

蔬菜种植从这里迈出第一步

20多年前，除了糌粑牦牛肉，彭仓人就只见过萝卜、土豆、大白菜这"老三样"。经过不断尝试和发展，彭仓人已摸索出一套适合高原的反季节蔬菜种植经验。如今，果蔬品种已达到136种。新技术的应用有效助力新品种试种、育苗、推广，让老百姓吃上管够的新鲜蔬菜。

今天，白朗县群众日常餐桌上丰富的饮食，多数的菜品都是自己种植的，看到餐桌上的果蔬，就会感慨高原上这座村庄的变迁，这是西藏乡村的发展缩影，也是白朗蔬菜种植的一个放大镜。

▶▶▶

▲ 白朗县全景　摄影 / 索旺

▶ 瓜果飘香的致富路
摄影／索旺

▲ 五彩天域有机白朗　摄影／索旺

支部挑大梁　强壮一个产业

为带动群众增收致富，白朗县时任援藏县委书记史文进与彭仓村党支部书记边巴顿珠挨家挨户给村民做工作，这期间虽遭受了不少误解，但是他们永不言弃，坚持耐心做群众工作，引导群众"转观念、学技术、种蔬菜"，实现了有"棚"自远方来。历届村党支部持续深化"党支部+合作社+农户"和"合作社+功能型党小组+农户"的产业发展模式，坚持把支部建在产业链上，把党员镶在致富链上，做到产业发展到哪里，党支部就建设到哪里，党员先

锋模范作用就发挥到哪里。当前,通过党建引领,蔬菜产业已经成为彭仓村乃至白朗县的支柱产业、特色产业、优势产业,全县7000多户中有3200多户直接参与到蔬菜产业之中,种植面积达1.54万亩,产值预计达3亿元。

一棚棚蔬菜 富了一方人

"如今,大棚种植早已成为当地群众心中的'聚宝盆摇钱树'。从'不肯种'到'抢着种',大家都积极参与。"老支书边巴顿珠说。一群人,一个村,一个关于幸福的故事,是发展,也是收获;是突破创造,更是持续不断。

创收也带动了乡村经济发展。2011年,彭仓村成为白朗县第一个,也是唯一一个"万元村",从贫困村一跃成为富裕村;目前彭仓村年人均收入达3万元,成为全县乡村振兴示范村。

彭仓村的发展变迁是建设社会主义现代化新白朗的一个缩影,这一切证明了在中国共产党领导下,各级党组织发扬"老西藏精神",锤炼实干作风,在高寒缺氧的大地上,以"敢教日月换新天"的执着,成就了现在的新生活。白朗县一个个像彭仓村一样的村庄每天都在涌现,在一次次喜人的变化中,白朗乡村正迸发着振奋人心的活力,干部职工和当地群众形成合力,围绕建设美丽幸福西藏,共圆伟大复兴梦想齐心协力,再创辉煌。

扫码观看《一个白朗村庄里的西藏变迁故事》视频

[定结县]
高擎党旗勇抗疫
越是艰险越向前

为严防疫情输入，日喀则市定结县各级党组织和广大党员高擎党旗、闻令而动、冲锋在前，切实把党的政治优势、组织优势和密切联系群众优势转化为坚决打赢疫情防控阻击战的工作优势，让党旗在疫情防控一线高高飘扬。

高擎党旗，照亮"重任在肩"的"逆行者"模样
一个背包，一床行李，一个党徽，这就是每一位前来蹲点执勤人员的全部家当。执勤点上的发电机、生活物资等都是靠人力搬运上去的，山路陡峭，稍不注意就有掉落山崖的危险，特别是雨季滑坡、塌方的危险，时刻威胁着执勤点人员的生命安全。就是在这样的环境下，执勤人员每天都要对边境一线的高山密林、河谷悬崖、小道暗道进行巡逻，巡逻期间毒蛇随处可见，稍不留神蚂蟥就钻进了裤脚，蚊虫叮、蚂蟥咬。一位值勤人员说："抗疫路上虽困难重重，但为了人民群众的健康，我随时准备着，继续投入抗疫一线。"

高擎党旗，照亮"挺拔如松"的"坚守者"模样
作为抵边乡镇之一的陈塘镇，处于边境疫情防控的最前沿，与尼泊尔仅一河、一桥之隔，疫情如何防，边境如何守，人员如何管，一直是陈塘镇党委、政府思考的重点，以人人参与、人人受益、人人安全为目标，坚持每一名群众都是防控堡

▲ 县委常委、组织部部长、党校校长成海亮与扎定玛设卡点工作人员开展同巡逻、谈心得活动　摄影／次旺玉措

▲ 定结县全景　定结县文化广播影视服务中心格桑提供

▲ 披星戴月的定结县公安民警　摄影/索平

垒,每一名群众都是防控哨兵,实现了全动员、齐参与、共发力。执行委员会定期召开工作部署会,对疫情防控工作进行部署安排,并将防控责任压实到每个成员身上,切实发挥了执行委员会监督执行的作用,构建起了坚实的疫情防控安全网。

高擎党旗,照亮"坚定如磐"的"志愿者"模样

疫情就是命令,防控就是责任,边境安全就是全县安全,边境安宁才有全县的安宁。面对疫情防控形势,日屋镇果玛村党支部、吉勒村党支部,共73名党员联名向组织递交了疫情防控上前线的请战书,主动请缨到日屋镇边境一线执勤点开展疫情防控工作,把100千米的边境线作为了疫情防控的主战场。在边境一线执勤点,他们巡逻巡查,克服了疫情防控执勤点条件差、气温低、风霜大、无信号的困难,对边境一线的山口、小道等每天都要开展巡逻探查,巡逻期间他们饿了就吃糌粑、渴了就饮积雪,确保了边境安宁,守住了疫情进不来,管住了人员出不去,用实际行动

▲ 定结县电力抢险队伍保障疫情期间供电稳定　摄影 / 石达

诠释了我是党员我要上、我是党员我先上、我是党员跟我上，让鲜红的党旗在疫情的防控一线高高飘扬。

在疫情防控的严峻形势下，定结县各族干部群众团结一心守边疆，携手共建筑防线，在边境一线合力唱响了"四个创建""四个走在前列"的时代强音，在祖国西南边陲，用实际行动践行着共产党人的初心和使命。

扫码观看《高擎党旗勇抗疫　越是艰险越向前》视频

[定日县]

一口泡菜

清晨，热闹的藏餐馆里坐满了人，有的在点餐，有的在喝茶，有的正吃着藏面，有的正愉快地交谈着。厨房里，忙碌的阿佳手起刀落地切着泡菜，服务员端着一碗碗热气腾腾的藏面灵巧穿梭着，大声吆喝着"来啦来啦"。一派热闹欢乐的景象出现在定日县。

说起西藏定日，很多人第一印象就是珠峰，如果说珠峰象征着坚韧巍峨，那么岗嘎泡菜就代表着包容共济。岗嘎泡菜由来已久，它不仅是家家户户餐桌上的美味佳肴，也是藏餐馆里的必备品，更是中华民族文化交流的印记。

▲ 定日县全景　摄影/穷达

▲ 定日县叁尔龙合作社联合社工作人员次仁拉巴领到了合作社分红　摄影 / 普布

一口泡菜，历经百年。两百多年前，泡菜并未踏足这片神圣的雪域高原，直到一场汉满蒙回协力抵抗入侵战争后，泡菜就成为了定日人民日常生活中不可缺少的一抹亮色。

公元1788年5月，大将军福康安率汉藏满蒙组成的大军驻扎定日，抵御廓尔喀入侵，沙场点兵，七战七捷。战后，五百清军驻守岗嘎，为解决长期驻扎带来的后勤保障问题，兵士们就地取材，用当地的白菜、花椒、盐巴、雪水等调味腌制出泡菜，不仅有效解决了兵士们的用餐习惯问题，更在不经意间为藏族群众的日常生活增添了一道美味。因为泡菜的制作方法简单，很快便成为定日各民族共同的味道，并随着人们的口味不断改进，就像定日的发展一样，不负时代，与时俱进。

岗嘎泡菜，见证了各族人民团结一心驱敌于国门之外的英勇事迹，见证了珠峰脚下人们生活的变迁，见证了后辈们传承的中华民族团结抗战精神。

现在的定日,不仅有屹立于世界之巅的珠穆朗玛峰,还有脱贫攻坚与乡村振兴有效衔接的珠峰小镇;现在的定日,不仅帮助当地农牧民群众过上了小康生活,还增强了他们跟上时代步伐的信心和决心;现在的定日,不仅是党政军警民齐聚一堂同商议,更是全县人民齐心协力谋发展。

穿越历史的烟云,一口泡菜,回味着各民族人民团结战斗的不离不弃;标注过往的源流,一口泡菜,品味出新时代百川汇流而成的幸福生活。

珠峰脚下的定日正踏着发展的新征程,不负时代,阔步向前。

一个团结富裕文明和谐美丽的社会主义现代化新定日,正在珠峰儿女的共同奋斗中茁壮成长,向着社会主义新西藏不断阔步前进。

▲ 珠穆朗玛峰　摄影/加措

乘风好去，长空万里，直下看山河。
夕阳余晖照珠峰，汉藏和谐一家亲。
百年互助未敢忘，团结齐心向上扬。
与时俱进不懈怠，定日人民颂党恩。
珠峰脚下、美丽定日等着您！

扫码观看《一口泡菜》视频

▲ 定日县叁尔龙合作社联合社社员领取合作社分红　摄影／普布

[岗巴县]

1+1+1=37 "一个人一辈子一条线" 守了37公里的边境线
——嘎罗布的守边故事

▼ 开展军地共建活动　摄影 / 扎顿

在素有"中印边境第一村"之称的西藏岗巴县吉汝村,直线距离边境线不足5千米,平均海拔5050米,高寒缺氧,年平均气温零下5摄氏度。如此云巅之地,孕育出了一位血性男儿——边境民兵嘎罗布。风雨三十载,在这个平凡的边境小村庄,嘎罗布用自己的血汗在崎岖的边境线上筑起了一座无形的长城,将境外之敌挡在边境线外。

▶▶▶

▼ 岗巴县岗巴镇吉汝村民兵　摄影/扎顿

▲ 守边人嘎罗布 岗巴县委组织部提供

世上没有从天而降的英雄，只有挺身而出的凡人。20世纪80年代，在国家没有任何补助的情况下，吉汝村的民兵们主动担起守边任务，其中青年嘎罗布许下"大好河山，寸土不让"的铮铮誓言，时任民兵排长的他，一心投身祖国的边境巡逻事业，守护万家平安。面对严峻的边境形势，他舍小家顾大家，每天以天为被，以地为席，巡逻在海拔5000米的边境线上。飞沙走石消磨不了他的意志，冷眼相对磨灭不了他的信心，钉在边防线，守在村户前，执拗的性格，造就了他钢铁战士的形象。转眼间，年轻的面庞就被风沙雕刻出沟壑。他在30余年时间里，用脚步丈量过37千米边境线的每一寸土地，这里的每一寸土地、每一座山峰、每一条溪流，甚至每块石头他都了如指掌。

百尺雪山百尺难，一寸国土一寸心。无论环境多恶劣，对嘎罗布而言，那都是扎根边关的民兵所需经历的必修课。边防是维护国家主权、领土完整的安全屏障，而对于嘎罗布来说，为祖国巡逻就是他体现人生价值和意义的最佳方式。当大家都在家过年过节的时候，也是他默默地坚守在祖国的边境，保卫着祖国的平安，保卫着我们的平安。甚至在嘎罗布儿子婚礼的时候，唯独不见嘎罗布的身影，那时的嘎罗布正带着队员巡走在边境一线，因为他们身上背负着的是一个国家的安危，所以他们不能随意离开自己的岗位，国家需要他们，他们便会一直在。为了加强边境管控，他需要每天不间断地巡逻，无论什么季节，无论天气如何，他都每天如此，昼间和夜间都会外出巡逻，确保边境安全。在一望无际的边境线上，有的峭壁横生，有的地形复杂，有的观察盲点多，强大的边防是我们国家稳定发展的重要因素，所以防守任务像是嘎罗布肩上的一块巨石，他的负重前行，换来我们的岁月静好。

嘎罗布在笔记本的扉页上这样写道：听党话、感党恩、跟党走，做一名忠诚的戍边卫士。受嘎罗布的影响，他的大儿子如今也跟随父亲的步伐，成了一名巡边民兵队员，小儿子成为一名优秀的戍边战士。民兵，民的本分，兵的责任，一个人，一条线，一辈子，他以凡人之力，在37千米的边境线上书写着一段戍边传奇。

扫码观看《1+1+1=37》视频

[吉隆县]

一条古道的新生故事

浩浩藏布,巍峨孔唐;千年古道,秘境寻幽;万年明月,边关吉隆。在日喀则市的西南边陲,在高耸入云的皑皑雪山之间,藏匿着一个世外桃源。这里,常年云雾缭绕,宛如人间仙境。

千年古道 边关吉隆

"一条吉隆沟,半部西藏史。"大唐天竺使出铭、招提壁垒、清军墓等文化遗迹赋予了吉隆历史源流之厚重。经过数千年雪水的洗礼,使得这里的山水更加灵秀,文脉更加绵延。

"一山呈四季,十里不同天。"独特的地质条件使得这里的景观格外奇丽壮美。险峻狭长的吉普峡谷、气势恢宏的开热瀑布、蔚蓝如洗的佩枯措等自然风光赋予了吉隆生态宜居之恬然。

"千百家似围棋局,十二街如种菜畦。"跟随着"一带一路"的脚步,如今的吉隆旅游业发展迅猛。吉甫村藏式旅游民宿、达曼村尼泊尔风情民宿等特色民宿赋予了吉隆别样风情之英姿。

▲ 吉隆风光 摄影 / 平措久旦

▲ 吉隆镇全景 摄影 / 平措久旦

▲ 招提壁垒及古道全景 摄影 / 索朗扎西

吉隆，以它得天独厚的地理优势、文化优势、资源优势，架起了一座穿越古今旅游产业发展的桥梁。

一条通往历史的古道
大唐天竺使出铭、招提壁垒、清军墓等文化遗迹赋予了吉隆历史源流的厚重感。这是一条通往历史的古道，它见证了各民族的交往交流交融，见证了每一次抗击外敌的浴血奋战。这条古道也给吉隆人一种奋斗精神的传承，是中华民族共同的珍贵记忆。
览古鉴今，历史，给予吉隆人以思索和传承。

一条通往发展的古道
"千年古道，边关吉隆。"拭去千年的尘土，伴着远古的驼铃声，映入眼帘的是一条文化商贸交流古通道。吉隆作为西藏历史上主要的对外通道之一，在东林藏布河上，间距不过五十米的三座桥梁横跨两岸，见证了吉隆边贸的发展。2017年，吉隆口岸扩大开放为国际性口岸，成排的尼泊尔货车如蜿蜒长龙，从衣服到电子产品，中尼友谊越来越深厚。

一条通往幸福的古道
伴随着"一带一路"的脚步，如今的吉隆旅游业发展迅猛。吉甫村藏式旅游民宿、达曼村尼泊尔风情民宿等特色民宿赋予了吉隆别样风情之英姿。吉隆，以它得天独厚的地理优势、文化优势、资源优势，架起了一座穿越古今旅游产业发展的桥梁。

这条幸福路是各级党组织和各族人民群众共同建立起来的，人们共同分享着这份来之不易的幸福和喜悦，未来，更是吉隆人共同的奋斗目标。

扫码观看《一条古道的新生故事》视频

▲ 吉隆县民族服饰　吉隆县委组织部提供　▼ 吉隆口岸　摄影／索朗扎西

[江孜县]

从帕拉庄园到宗山抗英历史遗迹

1904年，英帝国主义侵略西藏，江孜人民不畏强暴，浴血卫国，谱写了一曲英勇悲壮的爱国主义赞歌。江孜从此以"英雄城"闻名中外。从帕拉庄园到宗山抗英历史遗迹，岁月斑驳了曾经的苦难历史，但英雄的江孜儿女不会忘记，前人栽树后人乘凉，正是有无数的革命先烈为捍卫国土完整、争取人民自由，不惜抛头颅洒热血，用生命为代价换来了今天的幸福生活。如今中央挂念、兄弟省市倾力帮扶、民众主动致富的江孜，蕴藏无限的发展潜能。

江孜，藏语意为"胜利顶峰"，素有"西藏粮仓""卡垫之乡"的美誉，这里有耸入云端的宗山古堡，有见证百年沧桑的帕拉庄园，还有圣洁雄伟的卡若拉冰川。城是大村庄，村是小县城。一个村庄的时代变迁，一定程度上能够折射出县城的发展状况。近年来，在党中央的关心、关怀和对口援藏省市的大力帮助下，江孜开启了发展的崭新篇章，探索出了一系列因地制宜、量身定制

▲ 群众住上宽敞精致的房子　摄影 / 罗旦

▲ 收获幸福　摄影 / 罗旦

扫码观看
《从帕拉庄园到宗山抗英历史遗迹》
视频

的发展举措。从探索发展农牧业到大力推进现代化建设进程，从背井离乡打工赚钱到实现"家门口就业"，其中努康村就是典型代表，一个美丽的村庄，不禁让人远离喧嚣、怡然自乐，感受自然美好，人文和谐。未曾想，几年前的努康村却是另一番景象，党组织软弱涣散、集体经济薄弱、群众收入低，在各级党委政府的高度重视下，在村"两委"和驻村工作队的积极带动下，努康村以党的建设为引领，通过发展产业增加村集体经济，使群众走上了致富奔小康的幸福之路，混凝土结构的砖房将土房取而代之，一座座独家独院的精致房子拔地而起，宽敞平坦的柏油马路代替了土路的尘埃，延伸进了村寨的各家门口，再没有学龄孩子因贫困而辍学，也没有群众因缺钱柴米油盐没有着落，科技化、现代化的深耕细作取代了传统农耕。

时代在发展，科技在进步，新时代的江孜人民也在与时俱进，同步走在时代发展的浪潮里。今日江孜是中外游客进藏旅游的打卡胜地，是青稞种植的新品试点，是全国历史文化名城之一，更是声名远扬的"后藏粮仓"。江孜正紧跟时代步伐，与全国人民一起同发展、共进步，相信在大家的共同努力下，江孜的明天一定会更加美好，旅游资源更加丰富，物产更加富饶。

▲ 江孜宗山抗英遗址 摄影/罗旦

[康马县]

年楚源头盛放的教育之花

东方破晓,晨光熹微,嘹亮悠扬的起床号划破清晨的寂静。淡弱的光线尚未爬上宿舍楼的窗棂时,学生们早已匆匆起床,打水洗漱,走向树影斑驳中的教室。而后,伴着第一缕阳光洒落,高原群山之中回响起朗朗读书声……这是年楚河源头康马的莘莘学子迎接清晨的固定仪式,教室里那一张张皴红稚气的脸庞,写满了对知识的渴望和对未来的向往。在这年楚河源头的边城中,比格桑花更艳丽夺目的是绚烂盛放的教育之花。

边城康马位于喜马拉雅山脉腹地,是与不丹接壤的边境县,平均海拔4300米,年楚河从这里发源,流向日喀则,汇入雅鲁藏布江。这里的多数村落都临年楚河而建,人们过着半农半牧的生活。其中有个村子,名叫库青村,全村只有88户411人,就是这样一个小小村落,却已先后走出了127名大学生,他们中的许多后来成为了企业家、教师、医护工作者和机关事业单位工作人员,让库青村成为远近闻名的"大学生村"。村党支部书记多布杰介绍道:"我们村的群众有一个好的传统,户与户之间不是比哪家有钱,而是比哪家走出的大学生多。"

这个"好的传统"是康马县以教育强县理念的一个缩影。六十多年来,在一代代康马人的辛勤努力下,"教育"二字成为康马县一张耀眼的名片。

20世纪60年代,康马全县经济发展落后,地方财政捉襟见肘,但是本着再艰苦、再困难也要确保教育优先的发展理念,在极为艰难的条件下创办了南尼乡中心小

▲ 学前教育调研　摄影/贵吉　　▼ 读书兴趣组　摄影/曲达

格桑花开——组工干部讲故事

▲ 康马县冲巴湖景区　摄影 / 曲达

扫码观看《年楚源头盛放的教育之花》视频

▲ 合奏藏族古典歌曲　摄影 / 曲达

学和康马镇中心小学。当时的康马，最好的建筑是学校，最美的地方是校园。此后，在一批批教育工作者的默默耕耘、无私奉献下，在全县上下的坚定支持、倾力付出下，康马的教育事业实现由筚路蓝缕到蓬勃兴盛的蜕变。20世纪90年代，康马的中专、大学升学率取得全自治区"五连冠"的佳绩。1995年，西藏自治区教育工作会议上，康马自力更生、艰苦奋斗、大办教育的工作经验得到各级领导广泛认可，被称为"康马精神"。

近年来，康马县委、县政府继续发扬优良传统，秉承"康马精神"，坚持教育优先战略，全力落实学生"三包""9+X"教育模式等政策。此外，自2006年康马县设立教育奖励资金以来，每年为考入大学（中职院校）的农牧民子女发放奖励资金，目前已累计发放资金一千余万元，帮助一千余名农牧民子女圆梦大学。

"星光不问赶路人，时光不负有心人。"知识改变命运，重教才有未来。今后，在党中央大力支持、区市两级精心指导下，在教育工作者的辛勤付出和全县人民的大力支持下，康马教育的繁花必将在年楚河源头常开不败，在雪域边陲绽放异彩。

[拉孜县]

高原踢踏舞 跳出振兴范

西藏素有"歌的天堂，舞的海洋"的美誉，藏民族的民间歌舞，历史悠久、浩如烟海，各地区歌舞既一脉相承，又各自璀璨。"堆谐"是西藏自治区日喀则市拉孜县的中华传统舞蹈艺术，是一种融歌舞、弹唱为一体的民间歌舞艺术形式，"堆谐"艺术传承至今，源远流长，凝聚了拉孜劳动人民千百年的情感和智慧。

"堆"是指雅鲁藏布江上游从日喀则市的拉孜到定日县一带以及阿里的部分地区，即西藏地势较高之处；"谐"为歌舞的意思。"堆谐"即堆地区人们所跳的一种舞蹈。拉孜"堆谐"起源于八思巴时期，继承了当地民间歌舞艺术的形态，在多元文化的影响下发展变化，又在历史的长河中，经艺人的不断加工规范，逐步成为今天带有城市化性质的踢踏舞。同时以特有的六弦琴为伴奏乐器，表演时演员边弹边唱边跳，表演人员可多可少，既可独跳弹唱，也可双人或多人组合弹唱。其内容丰富多彩，表演节奏欢快，动作流畅、洒脱，艺术风格独特，旋律优美。在当地有句俗语，"会走路就会跳舞，会说话就会唱歌"。拉孜县大部分群众都会弹奏六弦琴，他们对"堆谐"情有独钟。为了让"堆谐"代代相传，当地政府结合实际，开展"非遗

▲ 艺术团下乡演出　摄影 / 达瓦格桑

进校园"活动,如今在拉孜中小学校园里,学生们的课间操,不是我们在很多地方看到的中小学生广播体操,而是"堆谐"舞蹈。一代代拉孜人民扬琴而和,吟唱伴舞,粗犷朴素的"堆谐"走过了七百多年的历史。2008年,拉孜"堆谐"被列入第二批国家级非物质文化遗产名录,拉孜县被授予"中国民间文化艺术之乡"称号。拉孜"堆谐"也先后登上央视春节联欢晚会、全国民族歌曲盛典、中国电影第十五届金鸡奖开幕式、香港回归十周年庆典、奥运会闭幕式、全国政协成立60周年、亚洲嘉年华等重要舞台,在国内国际舞出了具有浓郁地方风情的拉孜"堆谐"。

▲ 拉孜县艺术团参加西藏首届艺术节演出　拉孜县委组织部提供

"拉雄玉衣羌巴，鲁当协以帮翠。"这是一句古老的歌谣，意为：拉孜盆地犹如金盆玉碗，是歌舞艺术取之不尽的宝箱。如今，拉孜县全力打造彰显特色、展示形象、汇聚资源、厚植优势的文化品牌，将特色资源转变为产业优势的愿景化为现实。2022年，全县地区生产总值预计可达15.82亿元，全县从事"堆谐"的演职人员2000余人，每年创收450多万元，真正实现文化传承与增收致富双赢。

琴声响起，顿地而歌，踏足起舞。"堆谐"寄托着拉孜人浓浓的守望传统、乡愁之情，拉孜"堆谐"必将在代代传承中绽放更加耀眼的光芒。

▲ 拉孜县艺术团参加西藏首届艺术节演出　拉孜县委组织部提供

扫码观看《高原踢踏舞 跳出振兴范》视频

[南木林县]

"治"享生活 湘巴有"理"

伴随清晨的第一缕阳光洒在南木林的青稞田野，远处的晨烟飘荡在农家院里，一阵阵的鸡鸣声，唤醒了沉睡中的南木林。

拉巴次仁精神焕发地穿起藏装，女儿在一旁帮他系上腰带，关切地说道："阿爸，您这件藏装又快穿小了。"拉巴次仁说："等过完望果节就换。"女儿俏皮地说："换新的不如您自个儿减减肥。"拉巴次仁回声道："我也想啊！现在条件这么好，想瘦下去也难呐！"哈哈哈哈哈……伴随着父女俩欢快的笑声，拉巴次仁前往芒热乡康纳物资交流会。

康纳物资交流会历史悠久，声名远扬。从最初单一的农牧产品流通贸易，到现在已经成为种类繁多的民族贸易交流盛会。会场上人来人往，往来参会的商人和前来参观的群众络绎不绝。物美价廉的商品，喧闹有趣的互动，精彩绝伦的演出，让人们惊喜不断，新奇不断。会场外，喝茶晒太阳的老人、撒欢打滚的孩童、往来闲聊的妇女、吆喝叫卖的商贩……从大家的笑容中可以感受到他们的幸福生活。

近年来，南木林县以提升群众的获得感、幸福感、安全感为目标，探索出基层社会治理新模式，引发社会广泛关注，这背后有什么秘密呢？

▲ 幸福快乐的一家人　南木林文旅局提供

力量整合、职能融合，是基层社会治理中的重要举措。南木林县通过政法力量下沉到基层，服务延伸到基层的方式，把公共法律服务、人民调解、基层法庭等职能融合到乡镇综治中心，坚持民有所呼、警有所为，最大限度方便群众、惠及群众。

G562国道上，一辆往县城方向的越野汽车不小心撞到了牧民的一只山羊，牧民与司机双方各执一词互不相让。争执中围观的群众越来越多，有的同情辛勤放牧的牧民，有的理解着急赶路的司机，大家你一句我一句，路况却发生了拥堵。这时一名过路的男子站出来说："你俩再这样吵下去也不能解决问题,还影响其他过往车辆。乡里有专业调解员,你们可以去乡里找他们解决。"这个调解办法得到了大家的认可,目击的群众也表示愿意跟随双方前往乡调解中心,让这个小事故得到公平合理的解决。

随即在艾玛乡多元化调解中心,调解人员先为牧民和司机进行关于路途中撞到牧民牛羊的普法宣传。之后,在双方均了解了相关政策和相关法规的情况下,调解人员提出了和解条约,经过调解协商,最终双方达成一致,握手言和。

平安中国建设的先进个人次旦卓嘎同志,在矛盾纠纷排查化解,法制宣传的场合,处处都能见到她的身影。近年来南木林县持续开展普法宣传教育工作,引导法治教育队伍做到功能下沉、服务下移,将法律意识扎根到基层,做到群众心里,将矛盾纠纷化解在乡里,做到小事不出村、大事不出乡,推动形成"尊法守法学法用法"的良好社会氛围。

同时通过加强基层群众自治组织建设,修订完善村规民约,落实好"四议两公开"工作法,从而实现基层群众的自我服务、自我教育、自我管理和自我监督。在社会公德、职业道德、家庭美德、个人品德的共同约束引领下,美丽乡村愈发团结向善,乡风更加文明朴实。

这就是南木林县持续深化政治、自治、法治、德治、智治"五治建设",加快推进建设形势分析研判中心、矛盾纠纷多元化调解中心、法治宣传教育中心、便民服务中心、群防群治网格化服务管理和社会治理防控中心"五个中心",组建法律顾问、法治村主任、法治明白人"三支队伍",坚持问题导向、集中整治重点领域矛盾隐患的"553X基层社会治理新模式"的缩影。实现了刑事案件,治安案件,矛盾纠纷逐年下降的目标。

群众遇事讲道理、讲公理、讲法理,党群干群关系更加融洽,群众生活质量不断攀升,这便是每一个湘巴人脸上开出幸福格桑花的秘密。

扫码观看《"治"享生活 湘巴有"理"》视频

▲ 南木林县全景　摄影 / 洛桑欧珠　▼ 第十届邬郁文化节暨康纳物资交流会　达孜乡党委提供

[聂拉木县]

红心传承点燃家国情怀

318国道尽头,是位于祖国西南边陲的一座边城小镇——樟木镇,这里毗邻尼泊尔,气候宜人、风景秀丽,"国旗老阿妈"次仁曲珍就出生于此。

"国旗老阿妈"次仁曲珍生于1910年,夏尔巴人,作为西藏和平解放前的一名背夫,亲身经历了旧西藏的黑暗和新西藏的幸福。老阿妈于1964年自愿加入中国共产党,从1965年开始每天坚持在自家院里升挂国旗,一升就是45年,共计16425天。取旗——升旗——收旗,简单的三组动作,风雨无阻,从未间断。2013年老阿妈去世后,以"国旗老阿妈"的传承人巴桑德吉为代表的聂拉木县党员干部群众,至今传承着老阿妈的这份执着,鲜艳的五星红旗仍然每天在边境线上迎风飘扬。

不忘初心,方得始终。近年来,聂拉木县广大党员干部始终铭记并坚持传承和弘扬"国旗老阿妈"精神,更加坚定反对分裂、寸土不让的决心,更加坚定爱国爱党、崇尚幸福的信心,更加坚定持之以恒、接续奋斗的恒心,在赓续红色血脉中当好"薪火传人",为全县着力推进"四个创建",努力做到"四个走在前列"汇聚起磅礴力量,时刻履行着为人民服务的责任。在克服"4·25"地震创伤中,踏冰卧雪,战天斗地,圆满完成了灾后重建和脱贫攻坚任务,城乡面貌焕然一新,群众的幸福感、满意感、获得感显著增强;在面对冰湖溃决、特大雪灾、防治非洲沙漠蝗等急难险重任务时,党员干部挺身而出、冲锋在前,千方百计守护

▲ 县直机关党员重温入党誓词　聂拉木县委组织部提供

▲ 希夏邦马峰　摄影 / 拉巴平措

人民群众的生命财产安全，实现了人员"零伤亡"；在疫情防控、守土固边、产业振兴等重点工作中，不断涌现出聂拉木口岸分局、扎西岗村联防队、"希峰牦牛应急先锋"等先进集体和个人，这不仅使党组织战斗堡垒和党员先锋模范作用得到有效发挥，还为广大群众展示了新时代党员干部的良好形象，更激励着党员干部不断践行入党誓词，以实际行动证明了守初心就不会迷失方向，担使命就无惧风险挑战。"不忘初心、牢记使命"不是一阵子的事，而是一辈子的事，只有不断增强"四个意识"、坚定"四个自信"、做到"两个维护"，继续开新局于伟大的社会革命，强体魄于伟大的自我革命，中国共产党就能永远年轻、永葆旺盛生命力和强大战斗力，中华民族伟大复兴的巨轮就能乘风破浪，胜利驶向光辉的彼岸。

▲ 时任地委组织部部长看望生前的"国旗老阿妈"　聂拉木县委组织部提供

虽然"老阿妈"的故事被定格在了2013年，但聂拉木的故事仍在继续，"国旗老阿妈"的精神会被这来自西南边陲的风带到每一个飘扬五星红旗的地方，更会像珠峰一样永远屹立在中华大地上。

扫码观看《红心传承点燃家国情怀》视频

[仁布县]

雅江河畔盛开的民族团结进步之花

沿着"中国最美景观大道"318国道,走进这座车水马龙却又炊烟袅袅、一片祥和的美丽乡村,这里便是仁布县切娃乡普纳村,一个藏、汉、回、彝、撒拉等民族群众共同栖息的地方。原来的普纳村在雅江畔独居一隅,自2006年36户贫困家庭搬迁到这里之后,在各级党委政府的大力帮助下,旧貌换新颜,处处莺歌燕舞,现在宛如一幅村景秀美、村风祥和、村民幸福的画卷。喧嚣的雅江、朵朵的浪花、摇曳的稞穗似乎都在诉说着他们守望相助、休戚与共的动人故事,犹如一朵出淤不染、濯清不妖的团结之花傲然绽放在雅江之畔。

央珍是切娃乡扎西林村的藏族姑娘,2002年初识入藏拼搏的四川小伙徐文军,经过一段时间的相处,勇敢的央珍突破狭隘的思想,自愿与徐文军结为夫妻。徐文军、央珍夫妻俩从刚开始被双方父母反对到现在得到村民和亲人认可,在日常生活中与当地群众和谐相处。2007年,一家人搬入普纳村新居后,徐文军发现全村没人会种菜,于是他充分发挥在老家种植蔬菜的优势,带着妻子央珍和村里的其他群众开始种起了大棚蔬菜,15年间,村里的温室大棚如雨后春笋般陆续达到了40多座,20多户村民也学会了种菜这一技之长,从此生活也欣欣向荣,越过越好。

在普纳村,像央珍、徐文军夫妇这样的多民族家庭还有很多,前来帮忙的王贤伟、朋琼吉巴夫妇就是其中一对。朋琼吉巴2001年认识了来自河南的修路工王贤伟,从那以

▲ 普纳村大棚里的致富经　摄影/拉巴平措　▼ 酥油花制作技艺传承　摄影/拉巴平措

▲ 仁布县雍则绿错湖　仁布县文旅局提供

▲ 普纳村各族群众合影　摄影／扎西顿珠

▲ 普纳村多民族家庭聚会　摄影／扎西顿珠

后,王贤伟就留在了西藏,夫妻俩从一个小门面起步,在邻里互助,共同发展的环境下,事业蒸蒸日上。如今已有好几家商铺,实现年收入二十多万元。

每次采摘完大棚蔬菜后,徐文军、央珍夫妇总会挑一些送给普纳村路口修车铺的回族大叔马彬林。马彬林刚来这里时,人生地不熟,是普纳村群众帮他找场地、垫资金、买工具,村里的人要修车就找他,经常照顾他的生意,慢慢地修理部的生意越做越大,马彬林成为了普纳村的一份子,他会定期拿着慰问金去慰问困难群众。现如今,马彬林在普纳村已是闻名遐迩,村里人会亲切地叫他一声"阿爸"。

事成于和睦,力生于团结。普纳村各族群众谱写的相亲相爱、团结互助谋发展、幸福生活的画面,正是仁布县推动党和国家民族政策落地生根、开花结果的缩影,仁布县各族儿女手足相亲、守望相助、携手奋进,一定会让民族团结进步之花在雅江河畔开得更盛。

扫码观看《雅江河畔盛开的民族团结进步之花》视频

[萨嘎县]

天边的一抹"红"

  清晨，伴随着第一缕阳光洒向大地。轰隆隆的摩托车声唤醒了这条105千米长的边境线，96面五星红旗、48枚党徽、96名"骑士"带着亲人的声声嘱咐再次踏上了护边巡边征途。在日喀则市萨嘎县昌果乡这个只有458户人家的中尼边境乡，有一支由农牧民组成的"红色铁骑"守护在这里，他们与边防派出所的官兵一起，几十年如一日地践行着"神圣国土守护者"的光荣使命。

  49岁的藏族汉子石觉塔布在朝阳中跨上一辆摩托车，向海拔5600多米的中尼边境33号界桩驶去，一路上，车轮卷起浓浓的烟尘，猎猎作响的国旗、熠熠生辉的党徽让"骑士"们无所畏惧。巡逻队自成立以来协助昌果边境派出所破获非法出入境案件22起，抓获非法出入境人员56名。

  "队长，队长，我的车胎没气了。"行驶在碎石路上，护边员扎西的摩托车胎被

▲ 巍峨壮观的伦布岗日雪山　萨嘎县文旅局提供

碎石扎破了，车队停了下来，队长石觉塔布从车后备箱拿出了修理工具，和队友们熟练地修起了摩托车。萨嘎县昌果乡105千米的边境线几乎都在高山峻岭之间，边境巡逻基本是碎石路，车轮被扎时有发生，有时也会遇到车链条掉落，大家都练就了一手修车的好技能。

巡边的日子与艰苦相伴。队伍成立之初没有摩托车，只能骑马，巡逻一次得走四五天，他们便把帐篷、食品、被褥全都驮在马上。自2006年，队员们自发买了摩托车，但牧场深处和山口还没通信号，车子坏了无法救援，只能徒步几小时走回家。

边境的狂风加深了护边队员们脸上一道道沟壑，再次出发时，石觉塔布眼睛眯成一条缝，嘱咐着大家一定要注意安全，跟紧队伍，一辆紧跟一辆的摩托车驶向山体，像一条蜿蜒的红色长龙，爬上半山的巡逻路，一道中国红游离在边境。

到达33号界桩时，巡逻也到了饭点，大家便纷纷捡起晒干的牛粪，堆成小山点燃，烧上一壶只有80摄氏度的水，拿出自带的方便面充饥，即使面泡得半硬半软，但对这些护边员来说就是美味。

石觉塔布作为昌果乡亚卡亚村的党支部书记，在巡逻的同时，不忘向群众宣讲党的政策，以自身行动带动群众树立"守边护边，就是守护我们的家乡"的理念。石觉塔布先后获得"全国劳动模范""全国优秀护边员"荣誉称号。

▲ 萨嘎县军警民联合巡逻队　萨嘎县委组织部提供

正是榜样的力量，加入联防队、维护边境稳定，成了当地群众一件引以为荣的事情，村里的年轻人争先恐后地加入进来，为这支"红色铁骑"注入了新鲜血液。

随着夜幕降临，一天的巡逻结束。队员们骑着车各自回家，下车前不忘将车尾的国旗整理好放入后备箱。一轮明月悬在喜马拉雅山脉的群山上，照亮了守边人的回家路。

格桑花开——组工干部讲故事

▲ 萨嘎县昌果乡巡逻队同边境派出所、边防战士开展日常巡逻　昌果乡党委提供

扫码观看《天边的一抹"红"》视频

[萨迦县]

格桑摇曳 蝶影翻飞
——萨迦县扯休乡吉雄村蝶变之路

  仲夏的318国道风翳净尽，澄碧如洗。从日喀则市区向西40余千米，一面面五星红旗迎风招展，蓬勃的红色如同枝桠上明艳动人的花、丰硕饱满的果，点缀在群山环绕、道路延绵中，尽显"中国红"。踏入这片"中国红"，一个融高原美景、乡村原景、产业风景、文化情景于一体的"新村"映入眼帘。

  2003年，在原地委统筹扶贫政策的指引下，309名群众统一搬迁至扯休乡，组建了名为"吉雄"的新村，藏语意为"幸福之地"，寄托着全体村民对未来的无限向往与憧憬。然而，来自不同地方，有着不同经历的300多人，自然对新村有着"排斥"心理，让这个"新家庭"充满了挑战。同时，村班子这个"新家长"经验不足，机制不全，在很长一段时间，吉雄村的发展停滞不前，这个"幸福之地"变的空有其名，不见其实。

  2016年，全国上下打响脱贫攻坚战，吉雄村成为全县唯一一个整村贫困村。是追

▲ 萨迦县全景　县融媒体提供

逐梦想破茧化蝶，还是继续待在贫穷落后的"茧"里就此沉沦？选择摆在了全体吉雄人面前。

面对机遇，班子行动起来了！他们以开拓创新促转型，凝心聚力谋发展为目标，完善议事决策程序，推进党务村务公开，强化党员教育管理，彻底转变了村干部工作作风。通过建立长效管护机制，使各项工作开始步入正轨。

面对问题，党员行动起来了！他们针对"等靠要"思想严重，酗酒滋事，环境"脏乱差"情况，开展"反对好吃懒做""严禁酗酒打架"等活动，成立党员志愿服务队，充分彰显先锋模范作用，使村容村貌焕然一新。

面对困难，群众行动起来了！通过村规民约，对好吃懒做、酗酒打架等一系列不文明行为作出约束；在村党支部带领下，先后成立劳务输出合作社和藏鸡养殖专业合作社，吉雄人开始靠自己的双手打造心目中的"幸福之地"。

2018年底，吉雄村如期完成脱贫出列任务，实现整村脱贫摘帽。昔日贫穷、落后的吉雄村完成了华丽蜕变，一幢幢两层小楼整齐划一地坐落在路边，水、电、网全部入户，村民生产生活水平发生了翻天覆地的变化。

对于未来，吉雄人有着更加热切的展望：要借着"创建高原经济高质量发展先行区"的强劲东风，凭着县委"推动农牧业生产方式与经营方式革命性变革"的经济举措，靠着"扯休乡惠民农业机械集体合作社"的落地落实，探索出一条规模化、集约化、机械化的农牧业产业化之路。还依托拉洛现代农业产业园规划、万亩苗圃基地、人工饲草种植等项目，实现家门口就业赚钱。

蝴蝶展翼，迎风高飞。相信在党和政府的坚强领导下，吉雄村广大党员群众将更加坚定信心、锐意进取、真抓实干，用自己的努力将日子越过越好，用自己的双手让"幸福之地"名副其实。

扫码观看《格桑摇曳 蝶影翻飞》视频

▲ 吉雄村党群综合活动中心　▼ 扯休乡吉雄村全程托管机械化作业　扯休乡吉雄村提供

[谢通门县]

塔杰家的"珍藏馆"

时代画卷,在砥砺前行中铺展;精彩华章,在不懈奋斗中书写。谢通门县退休干部塔杰自2004年退休以来,围绕党的百年革命史、奋斗史,利用30余年的时间收集了180多张共产党人奋斗的老旧照片和120多枚老一辈无产阶级革命家像章,在15平方米的房间里打造了一间"珍藏馆",为干部职工和退休老干部提供了一间党史文化馆、学习馆。

砥砺奋进拓前程,矢志奋斗建新功。谢通门县退休干部塔杰对中国共产党的感情无法用语言表达。1954年出生的塔杰,从小就享受了西藏和平解放后带来的教育、医疗等各种实惠,中国共产党一词深深地在他心中烙下了印记。1975年塔杰被保送到北京体育学院进修,他专门去了一趟天安门,当看到挂在天安门城楼上的毛主席像时,心底油然而生的敬佩感使他更加坚定了加入中国共产党的信念。1984年7月1日,这个日子他永生难忘,在递交了两次入党申请书后光荣地加入了中国共产党,从此为共产主义奋斗终身成为了他一生的追求。

树高千尺不忘根,水流万里总思源。时任谢通门县法院院长的他,时刻铭记自己党员身份,充分发挥先锋模范带头作用,解决了很多历史遗留矛盾纠纷问题,切实保障了谢通门县群众依法享有的权利。"我们那时候专业能力有限,时代在进

▲ 塔杰为退休干部讲解党的光辉历程　摄影 / 葛晓勇

▲ 谢通门县全景　摄影 / 洛桑赤列

步,但是由于年龄逐渐变大,很多精力和能力都跟不上了,年轻人有担当、有作为,也是时候把担子交给年轻人了",退休时的塔杰满是不舍,至今他的书桌上还放着工作以来看过的旧书和用过的旧笔记本。2008年至2016年任谢通门县驻日喀则市离退休党支部书记期间,多次组织退休老干部们开展座谈会,为谢通门县经济社会发展提出许多宝贵意见。

百年壮阔欣回首,敢向未来再续征。塔杰年轻的时候教书育人十余载,看到自己的学生如今为西藏事业发展出谋献策,贡献力量,让他感到十分欣慰。塔杰的女儿从小听父亲讲述着"珍藏品"背后无数个共产党人的奋斗历程,耳濡目染的她如今同样是教师是党

扫码观看《塔杰家的"珍藏馆"》视频

员,她将接续父亲递过来的担子,为西藏发展注入源源不断的活力,教育引导新一代青少年"扣好人生第一粒扣子"。近年来,塔杰家的"珍藏馆"共接待干部职工和老干部100余人,共话往事、共学党史、共谱未来,传承红色基因、赓续红色血脉。

塔杰就是无数个老干部的缩影,兢兢业业地当好"老黄牛",默默无闻地做好"铺路石",退休不褪色,离岗不离党,虽白发苍苍,但仍牢记党的宗旨,他们的奋斗史就是一部生动鲜活的党史纪录片,每时每刻都在向我们诉说着中国共产党百年历程的辉煌。

[亚东县]

老朱的选择

35年前,四川小伙子朱祥务选择参军入伍,守护祖国西南边陲——亚东。这里,是他的牵挂所在,更是他退役后安身立命的地方。35年来,他已凭借自己对这片土地的真诚热爱和自身才能,当选为当地非公经济联合党支部书记,先后荣获全国"先进个体工商户"、全国"模范退役军人"、自治区"民族团结进步模范个人"……一个个荣誉代表了群众对他的信任。朱祥务说,是亚东成就了自己,他会用心用情守护好这片热爱的土地!

当年,朱祥务因公受伤变成一名伤残军人,让人出乎意料的是,退役后他放弃了政府安排的"铁饭碗",毅然选择自主创业。对于这个选择,老朱却没有半点后悔。原来,当年手术后,这里的藏族阿妈们像对自己的孩子一样,精心地照顾他。后来通过学习进修,老朱顺利考取了医师、药师证书,而他的动力,就是如何去回报那些当初帮助过他的亲人们。

35年中,他帮助的人不计其数,72岁的老阿妈格桑卓嘎就是其中之一。6年前,朱祥务看到老阿妈格桑卓嘎生活艰难,便毫不犹豫地伸出援手,只要是阿妈家人来自己的药店里拿药,就分文不取。后来,阿妈的孙女白玛央宗考上了西藏班(校),老朱又主动承担起孩子读书的生活费。

老朱的无私付出,让老阿妈认定了他这个儿子。他不仅是阿妈啦的好儿子,更是

▲ 朱祥务向亚东边检站民警讲授包虫病预防知识　摄影 / 桑旦次仁

当地孩子们的好阿爸。自2012年以来，老朱在自己经济条件有限的情况下，一直资助5个贫困家庭的孩子读书，孩子们都亲切地叫他"朱爸爸"。

付出是一场不求回报的修行，付出是朱祥务35年来一直持续做下去的事情。在日喀则"9·18"地震发生后的第一时间，老朱迅速组织党员和入党积极分子组成抗震救灾服务队，投身抗震救灾、灾后重建当中，先后组织大家为汶川"5·12"、尼泊尔"4·25"地震灾区捐款135万元左右。朱祥务带头组织"爱国拥军"活动，累计为驻军捐款捐物达80万元，成为当地驻军最坚实的后盾和支撑保障。这些点点滴滴在35年的岁月里，是那么微不足道的小事，却在岁月的年轮里汇聚成了最耀眼的光环。

提起自己一次次的选择,老朱动情地说:"是亚东培养了我,是当地的老百姓真正的需要我。从我进了军营,一直到现在,这里就是我的家!这里,有太多的恩情要回报!我要好好守护这个我深爱的大家庭!"

坚守承诺,守牢初心。朱祥务怀着一颗感恩的心,把一份感恩的情洒在亚东。守护神圣国土,建设幸福家园,这是一名普通共产党员在边境一线践行的初心和使命。

扫码观看《老朱的选择》视频

格桑花开——组工干部讲故事

▼ 亚东县城　亚东县文旅局提供

[仲巴县]

最后一次边境巡逻

仲巴县地处中国的西南边陲、日喀则市的最西端、喜马拉雅山以北，南与尼泊尔接壤，边境线长357千米，境内平均海拔在5000米以上。

几十年来，"帐篷即哨所，放牧即巡逻"已深入仲巴群众脑海。为国戍边，让党旗在边境一线高高飘扬，争做边境线上最美丽的格桑花更是成为每一名党员最崇高的追求，索朗加赞就是其中一员。

2009年，索朗加赞成为了一名乡村卫生院的公益性岗位人员，从此开始了长达12年的"巡诊"工作。12年来，只有小学文凭的他，本着一颗为家乡人民服务的心，跟着老一辈的"赤脚医生"，边走边学，凭着不服输的韧劲，成为了一名出色的"全科赤脚医生"；12年来，凭着为民服务的信念，靠着一双"铁脚"，他走遍了霍尔巴、琼果两乡每一个角落与每一个牧户，用脚步丈量了全县五分之一的土地。12年来，巡诊病人不计其数，哪家有关节炎、高血压患者，每个村65岁以上的老年人有多少，在他心里早有了一本明细账，他成了广大患者和同事口中的"名副其实的赤脚医生"。12年来，无论寒冬酷暑，无论刮风下雨，只要接到牧民群众求诊，他都会义无反顾地背起药箱，第一时间赶到病人床前。

▲ 索朗加赞与界碑合影　仲巴县委组织部提供

"生命重于泰山,疫情就是命令,防控就是责任。"面对异常严峻的疫情形势,索朗加赞挺身而出,主动报名,深入边境一线,先后在被称为"日喀则市西大门"的霍尔巴公安检查站和霍尔巴乡与尼泊尔边界的"亚斯玛"边贸交易市场卡点执勤时间长达十多个月。2021年5月13日,根据县委非边境一线乡镇医务人员支援边境一线卡点工作要求,索朗加赞再次主动请缨,奔赴亚斯玛卡点,开展疫情防控,一驻又是一个月。2021年7月25日,随着疫情防控形势的不断加剧,边境一线任务不断加重,在一线卡点医务人员紧缺的关键时期,索朗加赞又第一时间挺身而出,积极报名,选择逆行。

▶▶▶

▲ 杰玛雍宗冰川 仲巴县文旅局提供

◀◀◀

然而，此次的他一去不复返，英勇之躯永远留在了祖国的边疆。这位有着29年党龄、12年村医经历的党的忠诚卫士生命永远定格在了2021年8月11日。

2021年8月11日，在龙琼嘎拉卡点，索朗加赞与往常一样，穿着防护服，带着急救药箱，与同伴们一起在海拔5000多米的边境线开展20多千米的常规巡逻。然而，长期高海拔、高强度工作，导致过度劳累，索朗加赞永远地躺在了祖国的边境线上。

在这场没有硝烟的战役中，索朗加赞为最终夺取抗击新型冠状病毒感染疫情的胜利和祖国边陲的安定祥和，默默贡献了自己的力量；用自己的实际行动诠释了新时代医护人员的仁心和本色。他是勇敢无畏的逆行者，最优秀的中国共产党党员，祖国边陲最美丽的格桑花。

扫码观看《最后一次边境巡逻》视频

QIAN NIAN YA LONG

千年雅砻
藏源山南

山南市是藏民族的摇篮和文化发祥地，西藏历史上的众多杰出人物都诞生在这里，她以博大的胸怀和聪明才智创造出了魅力多彩的雅砻文化和西藏历史上的众多第一。

ZANG YUAN SHAN NAN

《信》	党旗在4800米山上高高飘扬
"藏戏第一村"的致富密码	天上瑶池 人间羊卓
穿越千年 梦回琼结	红色隆子 盛世边疆
幸福"蜜码"	措美县的"风光"产业
雅鲁藏布江畔一棵树的梦想	且看抵边一线党旗红
葡萄园里的幸福生活	多彩洛扎
异乡"主人翁"

▲ 山南市隆子县扎日风光　摄影 / 余志平

[山南市]

《信》

西藏隆子县玉麦乡位于喜马拉雅山南麓,一年中半年的大雪封山,让这个离县城不过200千米的地方几成边陲孤岛。20世纪很长一段时间,玉麦仅有卓嘎一家三口,又被称作"三人乡"。

2017年10月28日,习近平总书记给卓嘎、央宗姐妹回信,肯定他们父女两代接力为国守边的行为,勉励大家"像格桑花一样扎根在雪域边陲,做神圣国土的守护者、幸福家园的建设者"。

在漫长的边境线上,还有许许多多的像卓嘎一家一样的"无名英雄"。于是,市委组织部部长以"回信、坚守、传承、振兴"为主线,提笔给未来的山南写下一封信,讲述了全市人民做神圣国土的守护者、幸福家园的建设者的生动实践,表达了雅砻儿女矢志践行领袖嘱托的坚定信念。

亲爱的山南:
这是过去的山南给你写的信。此刻的你,应该处处都闪耀着光芒吧。
但是,每一个光芒的背后,往往藏着许多不为人知的艰辛。
我想让你始终记得,这几十年来山南不凡的发展历程,和这些扎根坚守可敬的人们……

▲ 普玛江塘乡党委与移民局同志在40冰川巡逻　摄影 / 董治刚

◎ 回 信

"家是玉麦，国是中国，放牧守边是职责。"这句话她们记了一辈子，也用行动践行了一辈子。多少个巡边放牧的日子，白昼漫长、前路迢迢，她们没有畏惧，赶着百余头牦牛，走过玉麦辽阔的牧场和密林，留下的是一路飘扬的五星红旗。念念不忘，必有回响。手握着总书记珍贵的回信，看着玉麦日新月异的变化，她们心中也充满了对未来的希望。

中国是老阿爸手中缝过的五星红旗，中国是姐妹俩脚下离不开的土地。这是"七一勋章"获得者、隆子县玉麦乡群众卓嘎及其家人的守边故事，这是每一个山南人毕生的事业和追求。

▲ 全国"人民最满意的公务员"格桑旦增在错那县勒门巴民族乡与群众采茶叶　摄影 / 琼达

▲ 全国"人民满意的公务员"古桑旦增，在洛扎县拉郊乡与群众巡边　摄影 / 张永钊

◎ 坚 守

站在普玛江塘的土地上，一切事物都显得十分渺小。可他们奋斗的身影，却被拉得很长。缺氧、高寒、干燥、风沙……每一次探寻，每一份坚守，都挑战着人体的极限。我明白，他们是要在这片生命禁区，书写生命的绚烂。

在普通人眼里，5373只是一个普通的数字，在全国"人民满意的公务员集体"浪卡子县普玛江塘乡党委心中，5373是世界海拔最高乡、是960万平方千米的不可或缺部分、是神圣国土中的寸土寸金。

◎ 传 承

这里是"大山的背面"，几近沦为孤岛。但他们总说，杰罗布，再远也是祖国的神圣领土，再苦也是滋养世代拉郊人的牧场。于是，他们在边界线上竖立界碑，将杰罗布的一草一木镌刻于心。从"悬崖之上"到大路朝天，从荒无人烟到生机遍野，这份使命的传承显得愈发耀眼。

曾经，边境线上的洛扎县拉郊乡不通路电、苦寒无边，在全国"人民满意的公务员"古桑旦增的带领下，如今的拉郊人大力弘扬爱国守边精神，让固边兴边的凯歌更加激昂。

◀◀◀

◎振 兴

他是干部群众口中的"活地图",是驻军战士心中的"守边王"。翻雪山、趟冰河、过泥潭,无论山有多高,路有多远,他巡边的足迹都能抵达。有怎样的脚步,就有怎样的路。你看,如今雪域茶香四溢,戏影歌舞阑珊,希望的春风正吹遍雅砻大地。

他叫格桑旦增,全国"人民满意的公务员"是对他巡边兴边事迹最好的肯定与褒奖。

在雪域高原,到处可见红红白白的格桑花,秆茎纤细,却经得起风雪;花瓣小巧,更耐得住严寒。

亲爱的山南,愿我们都能做一朵扎根雪域边陲的格桑花,永远守护这片神圣的国土、建设这方幸福的家园!

扫码观看《信》视频

▲ 卓嘎央宗姐妹放牧回来的路上与边防官兵一起喝茶聊天，讲述她们在桑杰曲巴旧居的故事　摄影／冯世祥

▲ 山南市全景　摄影／欧阳

[乃东区]

"藏戏第一村"的致富密码

扎西曲登社区是雅砻扎西雪巴藏戏的发源地，距今已有600多年的历史，素有"藏戏第一村"的称号，2006年雅砻扎西雪巴藏戏被评为国家级非物质文化遗产，扎西曲登村荣获"全国乡村旅游重点示范村""自治区基层党建示范点"称号。近年来，社区党总支依托特色文化资源，以人居环境整治为契机，以发展乡村旅游为抓手，探索"党建+美丽乡村建设+文旅融合"新模式，走出了一条独具特色的致富之路。

让乡村环境"美"起来。2019年以来，在各级党委、政府的大力支持下，总投资3650万元的人居环境整治项目在社区得以实施，重点对社区道路、污水管网、路灯路牌等基础设施进行了大范围的改造，三年的时间，一幢幢藏式温馨小楼鳞次栉比、白色手抓纹路传统淳朴、黑色青石路面蜿蜒曲径……社容社貌发生了翻天覆地的变化，实现了净化、绿化、亮化、美化，今天的扎西曲登生机勃勃、美丽宜游，吸引着祖国各地游客纷至沓来。

让文化旅游"火"起来。社区党总支积极推动文旅融合发展，以雅砻扎西雪巴藏戏为依托，挖掘藏戏元素打造特色民宿群落，整合335万元资金对藏戏传习所、停车场、洗衣房等旅游基础设施进行整体升级改造，以《诺桑王子》中的人物命名巷道、以藏戏人物造型制作路标，以及路灯上藏戏黄面具的装饰、垃圾桶藏鼓形状的

▲ 民宿户主领到乡村旅游收入分红　摄影 / 拉姆次仁

◀◀◀

设计，无一不体现"藏戏第一村"深厚的文化底蕴，开拓了民宿"牵手"非遗的发展新路径，焕发了乡村文旅发展新活力。

让服务质量"优"起来。深入开展国家通用语言和旅游管理服务技能培训，制定符合社区实际的"民宿基本服务标准""民宿星级评定挂牌"和"宾客意见建议反馈"等经营管理制度，组织民宿办理经营许可证、健康证，不断提升民宿管理服务标准化、规范化水平。同时，在社区文化广场组织篝火晚会、在藏戏传习所举办文艺演出、在群众家中同吃同住同生活，一方面让祖国各地游客充分感受到独具特色的风土人情，另一方面也让中华民族共同体意识根植各民族兄弟姐妹心灵深处。

让群众钱袋"鼓"起来。社区党员家庭率先带头办民宿，以自身先行先试的成功经

验，动员社区群众积极融入乡村旅游发展大局，让群众从一开始的"观望者"变成了主动的"参与者"，民宿已由最初的7户22个床位发展到现在的78户640个床位，累计接待游客5万余人次，促进社区集体经济和农牧民实际增收400余万元（2022年兑现乡村旅游收入58.58万元），真正实现了"旅游兴社区、群众增福祉"，让群众对发展乡村旅游的信心和决心更足了。

扫码观看《"藏戏第一村"的致富密码》视频

▼ 山南市乃东区雅拉香布雪山　乃东区旅游发展局提供

[琼结县]

穿越千年 梦回琼结

这里素有吐蕃故里之称,是藏民族的摇篮、藏文化的发祥地、吐蕃文化的核心区。这里承载过历史的光荣与辉煌,聂赤、茹勒杰、禄东赞等历史上的重要人物在这里留下足迹;西藏第一部藏戏——宾顿白面藏戏、曾亮相春晚的久河卓舞等国家级非物质文化遗产在这里异彩纷呈;国家级重点文物保护单位藏王墓群在这里巍然屹立;西藏第一美女达娃卓玛故居、强钦庄园、雪康庄园、日吾德庆寺等文物古迹汇集于此;松赞干布和文成公主在此长眠,这里就是琼结。

仰望历史的天空，公元641年一朝公主豆蔻年华远嫁他乡，一别长安心怀使命相依吐蕃。

文成公主，您乘着雪域雄风与百姓一起守着雪域高原，教会这片土地上的人民播种灌溉刺绣纺织，您的深情和大义，与高原共舞，与雪山共存，如今人们世世代代守护您的墓，便是对您无声的思念。

您闻啊，闻一闻这强钦青稞酒的味道，您传授的酿酒之法，在琼结强钦发扬光大，依托青稞酒背后的历史与文化，我们建设强钦青稞酒庄，举办"强钦青稞酒文化节"，开办青稞酒文化体验点、手工作坊，如今全国各地的游客都来体验消费，彻底打响了我们"强钦青稞酒"的品牌。

▲ 山南市琼结县　摄影 / 曲杰

▲ 西藏琼结县农牧民群众在襄阳一座茶场了解茶叶种植技术　摄影 / 曲杰

▲ 第八届全国道德模范提名奖获得者扎西央宗（左一）与儿子带失聪失明丈夫王勇（左二）散步　摄影 / 范生云

您听啊，这是交流交融的声音，继您之后还有数代人的辛勤浇灌，民族团结之花枝繁叶茂、硕果累累，涌现出了"全国五好家庭"宗吉一家、"全国道德模范"提名奖获得者扎西央宗一家等代表。我们还通过开展"襄阳·琼结一家亲 群众认亲结对子"活动，让藏族同胞与襄阳群众同吃同住同劳动，汉藏一家比千百年前更加亲密，孩子们通过校园结对"手拉手""心连心"的活动，用书信交友找到了各地"学友"，更好地促进了两地交往交流交融，用生动实践增强各族群众"三个离不开"思想和"五个认同"意识，成功创建第十批"全国民族团结进步示范县"。

您看啊，这雅砻风景名胜区琼结片区和琼果河国家湿地公园，我们以保护和修复为重点，深入推进山水林田湖草沙一体化保护系统治理和农村垃圾、污水、厕所、庭院"四大革命"，乡村生活更加美丽宜居，如今的琼结已成为第六批全国生态文明建设示范县，"雅砻绿谷"是我们最亮丽的名片。

忆往昔，看今朝，现在的琼结正以文化为魂、山水为体、发展为基，全力推动琼结长治久安和高质量发展。这就是幸福花开的琼结，欢迎您来琼结，我们在琼结等你。

扫码观看《穿越千年 梦回琼结》视频

[贡嘎县]

幸福"蜜码"

从丰饶的洞庭鱼米乡，到巍巍的念青唐古拉山脚，湖南与西藏山南贡嘎县谱写了新时代乡村振兴产业的甜蜜事业。

高原人家没有养蜂传统，何来一个"巅峰贡蜜"？2015年，湖南援藏干部伍国强来到平均海拔3750米的贡嘎县，恰是狼牙刺盛开之时，他敏锐嗅到了蜂蜜产业的前景，开始了高原养蜂技术研究。2019年，长沙市第九批援藏工作队跟伍国强一起考察交流，利用3个月时间，援藏队员们跑遍全县8个乡镇37个村，到处寻找蜜源。他们惊喜地发现，贡嘎县域内藏胡黄连、狼牙刺、紫花苜蓿、刺槐、榆树、高原蒲公英等天然蜜源植物广泛分布，大量蜜源植物开花期相互衔接，且大多天然野生且具有药用价值，不含任何抗生素药物，无农药残留及重金属污染，富含更多维生素、矿物质、氨基酸、酶类，完全具备打造世界级蜂蜜的前提条件。

得天独厚的自然环境却因为技术力量的缺乏，养蜂没有形成规模化发展。援藏工作队很快形成了调研报告和发展计划，决定推动贡嘎县发展养蜂特色产业。2020年5月，在狼牙刺花盛开的季节，1000万只来自湖南浏阳的蜜蜂，历经10天抵达贡嘎去往西藏著名景区羊卓雍措的必经之地贡嘎县江塘镇。2020年疫

▲ 蜜蜂在狼牙刺（砂生槐）花上采蜜　摄影/达顿　▼ 蜂巢壹号技术培训　摄影/胡雪刚

▲ 游客品尝巅峰贡蜜　摄影 / 达顿

◂◂◂

情一过，援藏工作队邀请湖南爱敬堂制药有限公司前来贡嘎考察，引进湖南爱敬堂制药有限公司，将去往羊卓雍措必经路上的江塘镇游客服务中心全面升级，集种养生产、透明加工、展示展销、特色餐饮、体验服务等为一体的"蜂巢壹号"综合体在江塘镇江塘村建成。"蜂巢壹号"基地工厂以体验式经济为纽带，将每一个蜂场、厂房、门店打造成互动式开放项目，拉动产业链整体发展，这里迅速成为深受各界人士好评的"网红"打卡地。2020年中国人的情人节，第一款狼牙蜜成功上线，2万瓶520新蜜当年销售一空，巅峰贡蜜成为贡嘎县家喻户晓的"知名品牌"。2022年6月15日，在海拔4480米的山南市羊卓雍措日托景区湖畔"巅峰贡蜜"9号基地被世界纪录认证机构（WRCA）现场认证为"世界海拔最高的养蜂基地"。

"巅峰贡蜜"是全国少有的无添加天然成熟蜜，波美度达到43度，高于欧盟标准42度。2021年9月，蜂巢壹号以综合评分第一独占鳌头，成为山南市旅游示范购物

▲ 山南市贡嘎县全景图　摄影 / 牛伟龙

点。巅峰贡蜜狼牙刺蜜更是一举获得由中国养蜂学会和中国农科院蜜蜂研究所评定2021年"老百姓放心蜜大赛"金奖，也是西藏唯一获得金奖的蜂蜜。目前，"巅峰贡蜜"已建设蜂巢壹号综合体一个，标准化蜂场9个，年产蜂蜜突破4万公斤，带动藏族群众就业358人次，产品俏销湖南，成为西藏发展最快的养蜂产业，也成为群众致富的一个重要"蜜码"。

扫码观看《幸福"蜜码"》视频

[扎囊县]

雅鲁藏布江畔一棵树的梦想

40年前的扎囊风沙肆虐，尤其是在初春和秋冬，远远望去灰蒙蒙的，像是被灰色的罩子盖住了似的，置身其中的人们深受风沙之苦，凛冽的寒风夹杂着沙子，狠狠地打在人们的脸上，吹进眼睛和嘴巴，有时公路都会被流沙阻断，人们惧怕风沙，惧怕出门，在风沙中艰难地生存着，看不见未来，看不见希望。但是人们没有选择坐以待毙，而是开展了一场治沙持久战，20世纪七八十年代开始，人们在沙漠上植树造林，在沙漠上种下一个绿色的梦，一个利在千秋、泽被天下的梦，让雅江边上的荒滩变成绿洲。

▼ 山南扎囊县特大桥　摄影／索朗平措

▲ 植树造林后的扎囊春日　摄影/扎西次仁

雅江河畔恶劣的气候和环境，种下的树几乎没有活下去的希望。但是在一代代治沙人40余年坚持不懈的努力下，在无数治沙人的无私奉献下，如今这里的荒滩变成了绿洲，实现了绿色梦想，改善了生态环境，减少了风沙，大力改善了人们的生产生活条件。护林员贡嘎索朗就是其中一名典型的治沙人代表，40年前，他二十几岁，正是风华正茂的年纪，很多年轻人选择外出打工，他却肩负责任和使命，加入了治沙队伍，成为了一名护林员。他把绿色的幼苗当成自己的"孩子"，为"孩子们"在江边安家、成活成长、实现梦想，费尽苦心。四十余年，他日复一日坚持早晨七点起床到晚上八九点，除了短暂的吃饭时间，一直在树林里来回浇水，观察每棵树的情况，白天几乎没有休息的时间，晚上经常性回不了家。如今的他，已经68岁，有了白头发，还因为常年与水打交道，落下了腿疾，他把最好的年华奉献给了治沙事业，现在变成了步履蹒跚的老人，但是他无怨无悔，望着自己守护的这片树林，他感到无比的欣慰和自豪。

扎囊县桑耶镇洛村是江边的一个小村庄，现在是美丽宜居示范村庄，但是在四十年前，洛村四周全是沙子，祖辈们为了躲避风沙，生活在山洪风险极大的洛村沟里，几乎没有生产力。直到80年代，当地开展大规模植树造林，改善了生态环境，人们逐步搬迁到江边，生产生活水平得到了极大改善。近几年，实施乡村振兴战略，洛村争取矮化苹果项目，为群众创收3200余万元。如今，万亩矮化苹果已开花结果，雅江两岸一个个村庄，像洛村一样，绿色已经成为最美的底色，人们吃上了生态饭，生活富足。

风沙远去，当一个又一个梦想成真，我们不能忘记每棵树苗背后的故事。

▲ 扎囊县全景　摄影 / 索朗平措

扫码观看《雅鲁藏布江畔一棵树的梦想》视频

四十年来，在中国共产党的坚强领导下，扎囊各族人民像雅江河畔的一棵棵树木一样，不放弃，不言苦，共同坚守、共同付出、共同奋斗，投身生态建设，积极参与防沙治沙，大力开展植树造林，一代又一代人几十年如一日，传承着中国梦、生态梦，践行着雅江造林精神，建成了几代人梦寐以求的绿色生态走廊，为建设美丽幸福扎囊作出了自身贡献，书写了各族人民共同团结奋斗、共同繁荣发展的时代赞歌。

[桑日县]

葡萄园里的幸福生活

初秋，碧空如洗，凉风微拂，雅鲁藏布江蜿蜒，碧蓝的江边，葡萄藤铺开绿色，葡萄园内，串串如珠似玉的葡萄垂挂在藤条上等待采摘，然后进入酒庄，被酿成风味独特的佳酿。

党的十八大以来，桑日县依托独特的地理位置和气候条件，大力发展无公害、绿色优质有机葡萄种植，并精心酿制出高品质葡萄酒，葡萄架成了承载经济发展"致富梦"、托举群众幸福"好日子"的关键，葡萄产业成为县域经济发展的重点，也成为桑日独具特色的"紫色名片"。

◎ 逐梦的故事很长，高原葡萄开启蝶变之路

一个产业的培育不能一蹴而就，需要几代人的传承和努力，而桑日县塔木村党总支书记格桑巴珠，便是这葡萄产业培育的"奠基人"，他带领着群众依托葡萄产业，不等不靠，艰苦奋斗，不离乡不离土、就近就便增收致富，用双手在高原葡萄产业园里创造了幸福生活。

从一粒葡萄成长为支撑经济发展、乡村振兴的重点产业，艰难试种、扩大种植，再到迈向新征程，10余年间，奇迹在奋斗中诞生。

▲ 桑日县葡萄、红酒　摄影／罗明禄　▼ 桑日县葡萄基地一角　摄影／旦增多吉

格桑花开——组工干部讲故事

▲ 熟透了的桑日高原葡萄　摄影 / 旦增卓嘎

2011年5月，桑日县启动桑日镇塔木村葡萄种植项目，试种葡萄14亩。格桑巴珠一家带头在自家耕地上种上了第一株葡萄，扦插、浇水、施肥、除草，哪怕经历失败也未曾放弃，查阅资料、咨询专家，总结失败经验，积极引进先进种植技术。

经过多年的试种，2014年，在县委、县政府领导和专业技术人员的帮助下，塔木村培育出了适应超高海拔种植的葡萄品种——超高海拔A：从表皮到果肉呈现紫红色，为国内独一无二的红心葡萄新品种，花青素及黄酮类化合物是普通产区的数倍。

无惧挑战，从无到有，经过十多年的不断努力，从一片荒芜到星罗棋布的绝美葡萄园，从14亩到万亩，小葡萄逐渐串联起紫色大产业。如今，塔木村为主产区，逐渐扩大至吉荣村、洛村、卓吉村、藏嘎村等地，成了万亩桑日"葡萄长廊"。

◎守望雪域高原，"紫色梦想"照进现实

坐落于桑日镇塔木村的帕竹酒庄，四面群山簇拥，雅江蜿蜒而过，地理环境独特，时间在这里恍如静止，装满美酒的橡木桶静悄悄地享受着时光。如今，酒庄借葡萄园的"流量"，逐渐成了"网红"打卡地。

在高原气候干旱，日照强烈，昼夜温差大，葡萄中的花色素苷、酚类物质等都相对较高，独特的自然禀赋造就了桑日葡萄的优良品质。

葡萄基地采用"公司+基地+农户"的模式，从栽培规范化、品种区域化到管理标准化，有力地推动了葡萄酒产业的高质量发展，葡萄产量累计765吨、葡萄酒产量300吨，实现总产值1亿元，用工人数累计7.6万人次，实现年人均增收7000余元，仅2021年带动当地农牧民群众509人增收291.7万元，实现了企业、农户双赢。2022年，葡萄产量达到350吨，葡萄酒产量达到150吨32万元。

葡萄园里区内外游客络绎不绝，一瓶瓶的葡萄酒从酒窖出来，从桑日走向全区，走向全国各地，"紫色梦想"已然照进了现实。

◎加快融合发展，"葡萄酒+"续写"紫色传奇"

在桑日，"小酒庄、大产业"的融合发展战略，早早写在县域发展的规划中，小小的葡萄如今已催生出集种植、酿造、旅游等多种业态于一体的复合型产业体系，这势必成为桑日推动三大产业互动、融合发展的成功实践。

葡萄酒杯里不仅装满优质的葡萄酒，承载着更多的文化内涵、旅游品质，全域旅游融合葡萄酒产业发展，雪域高原"紫色名片"也势必成为桑日文化旅游发展的"金钥匙"。

扫码观看《葡萄园里的幸福生活》视频

▼ 雅鲁藏布江桑日段风光　摄影 / 布多

[曲松县]
异乡"主人翁"

就业是民生之本，高校毕业生就业是稳就业、保就业的重中之重。近年来，曲松县委、县政府始终将高校毕业生就业作为最大的"民生工程、民心工程"，充分依托对口援藏省市——湖北省黄石市市场就业优势，通过实施"援藏引才·优选黄石"专项行动，开创了曲松籍高校毕业生组团式区外市场化就业的"黄石"模式。

通过"给岗位、建平台、教技能、优服务"举措，形成政策集约化、补贴互补式的区外市场化就业帮扶体系。近两年来，从曲松到黄石，跨越3000多千米，17名曲松籍、118名山南籍高校毕业生在湖北省黄石市实现高质量就业，开启了职场新旅程，当好异乡"主人翁"，成为了"新黄石人"，实现了从离乡离土到建功立业的破冰之旅。

在劲牌公司上班的次仁群宗正式入职后，公司提供食宿，并安排一个月岗前培训，每逢双休还会开展活动，参观黄石及周边地区乡村振兴建设，组织法律法规培训，甚至进行心理疏导，让大家在黄石工作安心、生活舒心。

在湖北联新显示科技有限公司就业的罗布群宗，她的母亲格桑群宗曾说过，全家对就业援藏政策心怀感恩，对女儿现在的工作生活非常满意。实现梦想不分地域,女儿虽与他们相隔千里，但女儿的成长进步是全家最大的欣慰。

▲ 区外就业大学生在黄石市参加实践活动　摄影 / 欧珠

▲ 高校毕业生在区外参加创业培训

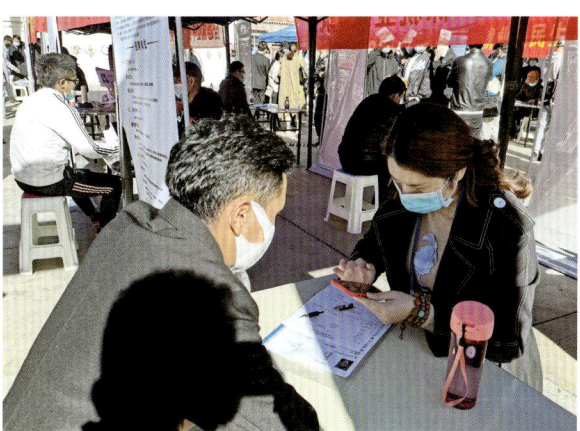
▲ 高校毕业生参加山南市2021年就业援藏湖北省企业专场招聘会

▲ 曲松县全景　摄影 / 仁增多吉

通过参观考察、就业招聘、住房保障、生活关怀和定期开展联谊活动等，为组团式区外市场化就业高校毕业生提供全方位、全时段服务，完善的政策和贴心的补贴吸引了不少高校毕业生，也给予了他们离开家乡、奔赴未来的信心和勇气。

2021年12月，西藏自治区就业援藏暨区外"组团式"市场化就业工作现场推进会在黄石召开，黄石组团式区外市场化就业援藏受到了西藏自治区党委、政府主要领导的批示和肯定。高校毕业生组团式赴黄石市场化就业的成功经验，也让湖北省内不少地方、企业跃跃欲试。2022年6月，武汉联镇科技有限公司在曲松县举办现场招聘会，并签订就业援藏战略合作协议，形成了高校毕业生组团式区外市场化就业政府导向。

格桑花开——组工干部讲故事

跨越3000多千米的援助，是心与心的交流，也是鄂藏两地人民情感的真挚体现，黄石组团式区外市场化就业，不仅架起就业援藏的连心桥，促进了各民族交往交流交融，也为我区高校毕业生组团式区外市场化就业树立了模板，打开了一片新天地。

扫码观看《异乡"主人翁"》视频

[加查县]

党旗在4800米山上高高飘扬

高山之上,寒风凛冽,氧气稀薄,却有这样一群人选择逆向前行。他们像格桑花一样深扎在高山寒地里,在极其恶劣的条件下践行全心全意为人民服务的宗旨,在最艰苦的环境中为人民群众的致富之路保驾护航,把山上高高飘扬的党旗深深屹立在人民群众的心中。

在加查县崔久乡,有一个海拔高达4800米的虫草采集点——吉隆沟虫草采集点。每当虫草采挖时期,山上就会活跃着一批采挖群众和一群"最可爱的人"。

凌晨5点,吉隆沟虫草采集点的帐篷外,一场独具藏族特色的人间烟火呈现在眼前。袅袅炊烟,茶香四溢,临时党支部成员和采挖群众吃着糌粑、喝着甜茶,收拾行头,补足体力,整装待发。采挖路上,天寒地冻,大家或步行、或驱车,相互结伴而行,寒风阻挡不了他们前进的步伐,纵使道路结冰也要勇毅前行。这是一条通往致富的道路,更是一场破冰之旅。

崔久乡吉隆沟虫草采集点临时党支部由8名党员组成,其中6名党员长期居住在山上,他们局促在一个仅有30平米的铁皮房内,仅靠一个柴火炉取暖、做饭,食宿一体、空间狭小,生活条件十分艰苦。为保护虫草采集点生态环境,保障采挖期间群众的身体健康,维护采集点社会治安,保证道路交通安全,保证采挖期间群众依然可以接受党的教育,他们冒着严寒逆行而上,扎根在雪域高山,让我们看到了什么是新时代"最可爱的人",让我们看到了什么是"缺氧不缺精神,艰苦

▲ 党旗在虫草采集点飘扬　摄影／边巴次仁

不怕吃苦，海拔高境界更高"的坚强意志和优良品质，他们以实际行动冲在最前头，为群众提供全方位服务和保障，让我们看到了什么是"党员先锋模范"。在采集点，他们每天要负责疫情防控工作、群众居住环境卫生、垃圾集中点卫生、群众帐篷消毒。期间，扎西措姆作为支部里的医护人员，还特地为年龄较大的群众检查身体状况，为保障虫草采集工作顺利开展作出了重要贡献。

夜晚的山上无论是风声呼啸还是一片凄寂，临时党支部的党员们都依然忙碌。帐篷里，党支部书记桑珠正在组织支部成员召开碰头会，大家围坐在火炉边，依次汇报

▲ 临时党支部和武警官兵在开展治安巡逻　摄影 / 索朗仓决　▼ 临时党支部在开展党日活动　摄影 / 边巴次仁

◀◀◀

当日工作开展情况,分享经验、相互学习,研究工作中的困难,讨论解决困难的办法,热闹的氛围让他们忘却了夜的寒冷。

处难境而不忘学习。临时党支部每周坚持开展集中学习,在条件允许的情况下,还会组织群众一起参与进来。此外,临时党支部副书记、清山工作队队长索朗塔杰还专门为群众讲述党的最新理论成果,宣讲《中华人民共和国环境保护法》《加查县冬虫夏草采集管理细则》等内容,教育引导群众建立正确的消费观,养成勤俭节约、理性消费、健康消费、爱护环境、合理开采的良好习惯。

用信仰燃烧寒夜。临时党支部有4名成员白天同群众一起上山挖虫草,晚上还要做群众工作,了解群众的需要和困难。山上生活条件恶劣加之工作负荷大,难免会有身心疲惫的时候,为了给大家加油鼓劲,索朗塔杰便组织全体党员每半月开展一次唱红歌活动。当嘹亮的歌声回荡在海拔4800米的高山上,大家心潮澎湃,浑身又充满了力量,疲惫的身躯里又燃起了烈火般的真情。他们没有畏惧、没有倒下,因为他们心怀人民群众,坚持全心全意为人民服务,坚信为群众致富所付出的一切牺牲都是有价值的。

山上一座座帐篷彼此相连,采挖群众还在辛勤劳作,临时党支部成员们奔波服务。寒夜里篝火在炽热地燃烧,把温暖从党员传递到每一个群众的心间,从此山不再高,夜不再冷,只有党旗在高高飘扬。

扫码观看《党旗在4800米山上高高飘扬》视频

[浪卡子县]

天上瑶池 人间羊卓

天上瑶池，人间羊卓。大家好，我是浪卡子县委组织部部长唐静。浪卡子历史悠久，人文荟萃，风光旖旎，民风淳朴，让我带您一起去看美丽的羊卓雍措。

羊卓雍措藏语意为"上部牧场的碧玉湖"，位于西藏山南浪卡子县，距离拉萨仅74千米，湖面海拔4441米，东西长130千米，南北宽70千米，湖岸线总长250千米，与纳木措、玛旁雍措并称西藏三大圣湖，湖光山色之美，冠绝藏南。加之乃钦康桑雪峰鬼斧神工，让人心生敬畏；甘扎温泉矿物质丰富，药理作用明显；嘎玛林草原广袤无边，牛羊成群，毡帐炊烟，意境悠远；零距离接触40冰川，撼人心灵；色多鸟岛热闹非凡，声扬数里。

神奇壮美的自然风光和独特的历史文化资源，将浪卡子打造成藏南环线旅游中的璀璨明珠。登高远眺，绵绵的山川，诗意的草原，铺展成一幅壮美的画卷；俯首细赏，清澈的湖水，浩瀚的蓝天，倒映出一汪诗意的高原。

在这里，想要休息就坐着发呆，看陌生的风景，听陌生的歌；在这里，每片树叶都有它的纹理，每条河流都有它的远方，大自然安排好一切，却不为人知。

在这里，你可以尽情地欣赏原生态的歌舞，那种感觉就像时间停止了一样，那种声音就像从天上飘下来一样；在浪卡子的星空下，感觉你的心会被放空；在这里，你饱览了羊卓美景，饱食了精神的盛宴，又怎能让肚子空着呢？

▲ 普莫雍措 摄影 / 董治刚

▲ 普玛江塘乡巡逻 摄影／董治刚

▲ 边境小康村新居分房现场　摄影 / 董治刚　　　▲ 普玛江塘乡群众领到边境小康村新居的"金钥匙"

雪域高原的生灵草木、万水千山，聆听着人与自然的故事。在这里，羊卓儿女毫不吝啬对冰天雪地、绿水青山的热爱。大力实施羊卓雍措生态环境保护项目，推行乡村生活垃圾一体化运营，持续开展国土绿化行动，把每年5月25日定为"保护母亲湖行动日"，全民参与，不断展现出天更蓝、地更绿、水更清的生态文明新画卷。

为全面推动城乡面貌大改观，城市品位大提升，浪卡子县委、县政府高度重视，投入360万元对县城垃圾填埋场进行整改，投入75万元维修卫生服务中心医疗污水站，投入35万元为各学校配备配齐垃圾收集箱，投入专项资金151.56万元开展国土绿化行动，投资1.08亿元实施县城给排水建设项目，新建33.16千米排水管网、检查井和化粪池等，投资1500万元实施浪卡子县城污水处理厂建设项目，打造出一个干净整洁、规范文明、宜居宜业的城乡人居环境。

雪莲盛开，雄鹰飞翔，人间净土，醉美羊卓。敬您一碗青稞酒，洁白的哈达献给您，欢迎您到羊卓来！

扫码观看《天上瑶池　人间羊卓》视频

[隆子县]

红色隆子 盛世边疆

五十多年前,以支部书记仁增旺杰为首的列麦干部群众在党的领导和号召下,喊着"开荒桑钦坝,修渠莫拉山"的口号,带着列麦群众用铁锹、十字镐肩挑背扛,硬生生地在海拔4200多米的荒坝上开垦出千亩良田,磨坏的藏犁,磨秃的十字镐和铁锹等有1000多件,老人和孩子从荒地捡出来的大石头就有近千方。为了纪念这气壮山河的壮举,传承自力更生、艰苦奋斗的精神,列麦群众把桑钦坝改名为"革命坝"。

20世纪60年代,隆子河谷还是一年光景里有近8个月是沙尘天气,晴天黄沙蔽日,雨天泥沙横流,当地人民群众苦不堪言。面对生存的需要,在老乡长朗宗的带领下,当地人民群众发起了一场"保卫家园、植树防沙"的绿色战役,战风沙、斗严寒,在沙滩上试种沙棘和银白杨等植物,在随后数十年里,隆子人民接续奋斗,植树一场接着一场干,一片接着一片,最终形成今天隆子河谷绵延40余千米面积达50.33平方千米的"绿色长城",是顽强的隆子人民写给这片土地最壮丽的诗行。

20世纪60年代以来,玉麦乡仅有父亲桑杰曲巴和卓嘎、央宗姐妹一户人家,被外界称作"三人乡"。他们始终秉持"家是玉麦,国是中国,放牧守边是职责"的坚定信念,几十年如一日,守护着祖国的领土,谱写着爱国守边的动人故事和时代赞歌,英雄的一家三口以"家"的名义,将玉麦永远留在祖国的版图。

▲ 卓嘎央宗姐妹与边防官兵、党员群众在巡边路上休息,讲述以前的守边故事　摄影／冯世祥

▲ 央宗在巡边路上与一起巡边同志悬挂国旗　摄影／次仁洛桑

▲ 玉麦全景　摄影 / 盛为

◀◀◀

如今的隆子，正在积极落实"神圣国土守卫者、幸福家园建设者"的战略部署，让曾经贫瘠的土地生长出梦想、希望与果实：绿油油的百亩高山茶园，沉甸甸的万亩黑青稞，蓬勃发展的黑白花奶牛、黑藏鸡、黑藏猪、黑青稞深加工"四黑"产业，投资5000多万建成的"菜篮子"工程，开启文旅发展新篇章的乡村旅游规划，一幅幅充满希望的画卷，如锦绣丹青般徐徐铺展；我们正积极布局小康村建设，不断实现着边民群众对美好生活的向往：累计投入资金14.5亿元，重点解决季节性安全饮水问题，投资3亿元实施农网升级改造工程，全县自然村通电率100%，投资6.7亿元建设通村公路项目60个，新增公路里程127千米，28个小康村建设项目全面完成，

格桑花开——组工干部讲故事

1874户边民群众安置入住，幸福生活像美丽的格桑花，开遍这里的每一寸土地。

"一切向前走，都不能忘记走过的路；走得再远、走到再光辉的未来，也不能忘记走过的过去，不能忘记为什么出发"，老一辈"顽强不屈、艰苦奋斗"的信念，孕育了隆子的过去与现在，更在时代的薪火相传中愈发耀眼，生生不息。我们，只有始终牢记"幸福是奋斗出来的"，我们只有一步一个脚印，踏踏实实干好每一件事，才能不负这伟大的时代，不负我们所热爱的这片土地。

扫码观看《红色隆子 盛世边疆》视频

[措美县]

措美县的"风光"产业

新时代的雪域高原,一直在创造奇迹。

措美县位于山南市西南部,县域面积4549平方千米,平均海拔4500米,属山原湖盆区的高原湖谷区。境内山脉连绵起伏,百米高度年平均风速9.28m/s,年有效风速1800—1900小时,属西藏风力源中的优质资源区。

早在2014年,措美县委、县政府就将发展以风能、光能为代表的新能源产业摆上重要议事日程,致力于将其打造成推动县域经济高质量发展、带动农牧民群众增收致富的支柱产业。

提前谋划布局,下好争资立项"先手棋"。措美县坚持以习近平新时代中国特色社会主义思想为指导,在"五期叠加"来临之际,紧紧围绕"一带五区"发展战略定位,积极协调自治区能源局、国家电网西藏公司建设了第二条110KV输电线路。历届党政领导班子接续奋斗抓招商,先后接洽30余家企业,最终成功引进3家企业促成项目落地,目前已完成固定资产投资近7亿元,预计到"十四五"末,全县风电、光电装机量将达200兆瓦。风光产业的经济、社会、生态效益将日益凸显。

致力结构转型,夯实生态环境"绿智造"。措美县紧紧围绕稳定发展生态强边四

▲ 县委副书记、政府县长桑旦在光伏基地指导工作　摄影／王万界　▼ 清洁能源，风机发电　摄影／尹舒展

▲ 措美县哲古湖　摄影 / 嘎玛旦增

件大事,紧盯碳达峰、碳中和目标任务,坚持绿色发展,引领清洁能源结构转型。按照"基地化、规范化、集中连片开发"总体思路,全面推进哲古250兆瓦风电和150兆瓦光伏项目建设,着力打造藏中风光互补一体化清洁能源基地,形成超高海拔风电场开发一系列解决方案。风光互补一体化清洁能源的实施将有效改善县域能源结构,丰富旅游资源,为推动实现"双碳"目标、促进超高海拔地区能源发展提供新路径。

狠抓民生工程,助力经济发展"蓄动能"。措美县始终密切党群干群关系,将为民办实事理念贯穿项目建设全过程。各相关单位坚持"三个赋予一个有利于"原则,层层压实责任,三年多来,累计向相关企业退税2000余万元,通过土地合法租赁等方式使农牧民群众直接收益52.78万元;同时,措美县加强就业政策宣讲,把更多群众联结到产业项目上,持续吸引县内外群众就业365人次,累计就业收益达350.25万元,项目投产发电后,为我县55名重点监测人员解决扶持资金82.5万元,拓宽生产经营渠道,提高生活质量,全力巩固脱贫攻坚成果,助推乡村振兴。

如今,驶入快车道的风光产业,正让古老而优美的措美,以全新的姿态展现在世人面前。下一步,措美县将继续发挥党建引领作用,以"功成不必在我、功成一定有我"的历史担当,让"风光"产业继续在措美大地风光下去,巩固拓展脱贫攻坚和乡村振兴有效衔接成果,让广大农牧民群众在共同富裕的道路上得到更多实惠,为西藏生态文明高地建设作出措美贡献!

扫码观看《措美县的"风光"产业》视频

[错那县]

且看抵边一线党旗红

在西藏自治区南端，喜马拉雅山脉南麓，坐落着由汉族、藏族、门巴族等不同民族组成的13932人口的小县城，全县平均海拔4400米，边境线长268千米，是典型的边境高寒县，是1962年对印自卫反击战的主战场，战略位置十分重要，维稳控边任务十分艰巨。为积极开展反分裂反蚕食斗争，县委找准关键点，以肖一带搬迁建设为抓手，全力构建"党组织+乡（镇）+村（社区）""党员+干部+群众"的稳边控边新格局。

▲ 抵边群众在屋顶悬挂国旗　摄影／向秋仁青

▲ 抵边群众开展巡逻　摄影／向秋仁青

党组织规范设置与群众抵边搬迁同步推进，凝聚党领导下的边境管控新合力。为有效凝聚边境管控力量，为抵边搬迁群众搭建"主心骨"，错那县围绕肖一带放牧点，于2015年在肖一带放牧点成立以乡村干部和牧民党员组成的临时党支部。2016年动员浪坡乡养堆村41户129名群众前移30千米，建成错那县第一个抵边搬迁行政村，建立第一个正式抵边党支部，在维稳固边上迈出了战略性的一步，边境管控的薄弱点得到了有效提升。近年来，错那县委始终坚持抵边搬迁与守土固边、试点先行与整体推进相结合的原则，先后成立肖村、聚塘村、汤乌村等6个抵边搬迁行政村，并完成村级党组织设置和班子配备，实现边境管控从放牧点到临时党支部、再到村级党组织的有形、有效、有力转变，昔日的边境放牧点变成了如今的党建桥头堡，昔日的放牧人变成了如今的守边人，真正实现了村村是堡垒、户户是哨所、人人是哨兵的工作格局。

◀◀◀

党组织作用发挥与群众生产生活深度融合，构建党领导下的边境建设新格局。为着力推动不同地域的群众快速融入新家庭，着力解决在生产生活中的各种需求和矛盾，确保搬迁群众"搬得出、稳得住、守好边"，县委及时抽调基层经验丰富、专业知识过硬、群众工作扎实的党员干部，组成工作专班临时党委，前往肖一带蹲点，调研产业项目和村集体经济项目建设，指导村党支部开展工作，大力实施"思想领航"工程，坚持以集中办公日、主题党日、党群活动日等为载体，经常性深入群众家中、田间地头、各放牧点，走访搬迁群众、了解现实需求、宣传相关政策、调解各类矛盾，不定期召开党委会研究和解决各项事宜，充分发挥党建阵地宣传、服务、教育和凝聚党员群众作用，切实让党旗在抵边搬迁一线高高飘起来，让"党员带头、干部先行、群众响应"的固边兴边队伍壮起来，让"做神圣国土守护者、幸福家园建设者"的决心和信心强起来。

▲ 群众自愿搬迁到边境一线并按手印　摄影 / 琼达

▲ 浪坡乡汤乌村群众拿到搬迁入住钥匙时的喜悦　摄影 / 向秋仁青

格桑花开——组工干部讲故事

扫码观看《且看抵边一线党旗红》视频

[洛扎县]

多彩洛扎

雄伟的库拉岗日雪山巍峨壮丽，恬静的朱措白玛林湖如梦似幻，这里是西藏山南边陲、中不边城——洛扎。洛扎，藏语意为"南方悬崖"。与不丹王国相邻，边境线长240千米，是藏西南边陲上的璀璨明珠、是西藏的旅游胜地。

◎观山湖神韵，赏峡光谷影，这里是山水洛扎

山南境内最高雪山库拉岗日，引得大量"驴友"竞相前往，白玛林措静卧雪山脚下，满山杜鹃环绕，恍如人间仙境；神奇的拉普温泉美名远扬，既有透澈之姿、亦有医疗之效；幽深的拉郊、拉康峡谷，风景秀丽；迷人的"彩虹沟"鸟语花香……

◎访文化古迹，结千古情谊，这里是人文洛扎

洛扎县拥有杰顿珠宗遗址、门当摩崖石刻、吉堆古墓群、曲西碉楼群等6处国家级文物保护单位，6个以拉康加羌姆为代表的国家级和自治区级非物质文化遗产项目。境内分布着从吐蕃时期到帕竹时期风格各异的古碉楼540余处，称为"千碉之乡"，无论是远望还是近观，精致质朴的古碉楼尽显历史沧桑。

格桑花开——组工干部讲故事

▲ 洛扎县白玛林湖　摄影 / 洛桑次仁　▼ 杰顿珠宗遗址　摄影 / 边琼

▲ 拉郊乡边境小康村　摄影 / 张永钊　▼ 表演国家级非物质文化遗产拉康加羌姆　摄影 / 其米央宗

◀◀◀

◎探生态秘境，寻绿野仙踪，这里是绿色洛扎

洛扎森林面积达346万亩，森林覆盖率45%，茂密的原始森林中分布着红豆杉、云杉等珍贵树种，生活着棕尾虹雉、熊、獐子等珍稀动物，生长着松茸、当归、冬虫夏草、贝母、雪莲等贵重食用菌和中药材。近年来，我们坚持绿色发展、生态优先，大力发展水电、矿泉水等绿色产业。投资30亿元装机容量16万千瓦的拉康电站即将建成，投产运营后将为洛扎经济发展提供源源不断的绿色动力。

◎感艳阳普照，听欢歌万里，这里是金色洛扎

寒来暑往，秋收冬藏，辛勤的付出结出了累累硕果。
拉康苹果熟、扎日油菜香，中粮援藏项目——西藏独有的虫草蛋开始量产了。"组团式"援藏工作队在洛扎传道授业、治病救人，"金珠玛米"把党的光辉带到了边疆，进一步密切了各族人民群众的血肉联系。

◎望旌旗招展，看万家红遍，这里是红色洛扎

这片广袤的土地传承了红色基因。1959年西藏平叛，48名解放军战士血洒多宗城堡，长眠于洛扎烈士陵园。今天，在党的领导下，洛扎各项事业开启新的篇章，6个抵边村基层党组织全面建立，边境线上小康示范村错落有致，军警民常年坚守在边境最前沿，筑起一座座坚实堡垒，党旗高高飘扬在洛扎大地和边境线上，真正让"山这边比山那边更好更美"。

展望未来：稳定、发展的洛扎，燃烧着希望和未来；生态、强边的洛扎，书写着开放与发展。

扫码观看《多彩洛扎》视频

▲ 洛扎县库拉岗日雪山 摄影 / 洛桑次仁

XI ZANG JIANG NAN

西藏江南
大美林芝

北纬30°，穿越了培育世界古文明的所有重要河谷。在雅鲁藏布江河谷中，也有着被誉为雪域江南的美丽秘境——林芝。林芝古称工布，"林芝"是藏文"尼赤"音译而来，藏语意为"太阳的宝座"。

DA MEI LIN ZHI

| 在世界至美维度 相遇秘境林芝 |
| 红旗颂 |
| 见证历史，守望山河 —— 新时代的米林欢迎您 |
| 帕隆江畔别样红 |

| 草原牧场上的"移动堡垒" |
| 守望初心 ——三代人的传承 |
| 峥嵘墨脱"路" |
| 西藏边防升起的第一面五星红旗 |

▲ 波密县倾多镇巴康村 摄影/央青占堆

[林芝市]

在世界至美维度 相遇秘境林芝

北纬30°，穿越了培育世界古文明的所有重要河谷。在雅鲁藏布江河谷中，也有着被誉为雪域江南的美丽秘境——林芝。林芝古称工布，"林芝"是藏文"尼赤"音译而来，藏语意为"太阳的宝座"。林芝平均海拔3100米，最低处只有900米，热带、亚热带、温带及寒带气候多种气候带并存，相较于西藏其他地区，在发展农业上具有无可比拟的先天优势。

林芝市委领导明确指出："这里的每个儿女，都用自己的辛勤耕耘播撒着团结的种子；这里的每片土地，处处绽放着团结的花朵结出幸福的硕果；这里的每条江河，流淌着建设美丽家园的奋斗足迹，汇聚起共圆伟大复兴梦想的磅礴力量。"

近年来，林芝结合自身优势，因地制宜，将旅游业和高原特色产品种植作为主要发展方向。茶叶、天麻、苹果、猕猴桃等经济作物已成为林芝市广大农牧民群众重要的经济收入来源，特别是林芝苹果，获得了"全国农产品地理标志"称号，已成为林芝对外的重要名片。

林芝苹果，是民族团结的见证。民族团结是西藏各族人民的生命线，像阳光雨

格桑花开——组工干部讲故事

▲ 观看演出的嘎拉村村民　摄影 / 赵振宇

▲ 雅尼湿地公园　摄影 / 郑胜日

▲ 巴松措　摄影 / 胡记武

露，滋养着雪域高原各族儿女。2021年7月，习近平总书记在林芝考察时指出："这里是民族团结进步之花盛开的地方。"十八军进藏，为林芝带来了优良的苹果种子，"幸福的种子"从此在林芝落地生根，民族团结的花朵在这里被精心呵护着，被各族人民守护着，被辛勤的汗水浇灌着，各族干部群众结下了深厚的友谊。

林芝苹果，是幸福甜蜜的味道。西藏和平解放，百万农奴翻身把歌唱，旧社会为农奴主当牛做马的日子一去不复返，在中国共产党的正确领导下，在援藏省市的无私援助下，藏汉同胞几十年倾注的辛勤汗水，大力发展苹果种植，帮助当地群众拓宽致富渠道，林芝人民也与全国人民一道步入了小康，让林芝的果实从嘴里甜到心里，酝酿出的是林芝甜蜜的味道。如今，林芝苹果从高山到大海，远销粤港澳大湾区，让全世界尝到犹似在枝头的林芝鲜甜。

林芝苹果，是奋斗不止的传唱。这里的每条江河，流淌着建设美丽家园的奋斗足迹。经过几代人的不断改良，林芝苹果的品质不断优化，饱受广大消费者的喜爱。拉林高等级公路建成通车，拉林铁路建成运营，复兴号驶入雪域江南，川藏铁路、雅下水电等世纪性工程已经开工，林芝正肩负着建设西藏改革开放区的重任，岁月更迭，使命不改，一代代林芝人燃烧着自己的青春火焰，用奋斗与拼搏让林芝的明天更加幸福美好。

扫码观看《在世界至美维度 相遇秘境林芝》视频

南迦巴瓦峰 摄影/郑胜日

[巴宜区]

红旗颂

———

一个月画线，用三个月打碎岩石，花三年终于修好了水渠，灌溉了两千亩地，我这个老头子要去看看水渠……这是一首在林芝镇立定村广为传唱的民歌，也是立定村第一任党支部书记旺久生前经常挂在嘴边的小曲。

1959年，一场波澜壮阔的民主改革，像火炬一样照亮了西藏。立定村的群众翻身解放，分到了属于自己的土地、牲畜。但是，靠天吃饭、赖地穿衣，立定村仍然没有摆脱贫困的面貌，群众的生活一直没有好起来。

▲ 《红旗颂》杀青啦！　摄影 / 李雁

▲ 国旗红辉映好风光 **摄影 / 李玉领**

时任村党支部书记的旺久向群众发出号召："建水渠，把几公里外的河水引进农田，让庄稼喝饱水、让大家吃饱饭。"在没有任何机械的情况下，旺久带领群众手挖肩扛，拧成一股绳，化作一把锹，耗时三年终于建成了一条贯穿立定，滋养全村土地的水渠，眼看着汩汩泉水沁润农田，眼看着千亩良田青稞飘香，碧水蓝天，牲畜肥壮，立定村民喜笑颜开。

出生即为农奴的旺久，何以有如此坚定的信念？随着西藏和平解放的到来，1958年旺久迎来了外出学习的机会，被推荐到北京参加为期两年的少数民族学习班。两年后，他作为少数民族国庆观礼团代表之一，受到毛主席等党和国家领导人的亲切接见。翻天覆地的社会变革，让旺久感慨万千，毛主席建设西藏的谆谆教导更让旺久辗转反侧。

宁静的夜晚，翻飞的巧手，一针一线间，旺久细致认真。昏黄的烛光，缜密的纹理，一点一滴中，饱含着对党的深情。整整七个夜晚，旺久将心中对祖国的热爱

◀◀◀

凝结成一面崭新的五星红旗。劳动时，他把国旗插在田坎上；放牧时，他把国旗立在牧场中；运输物资时，他把国旗绑在马背上……这面鲜艳的五星红旗，指引着旺久的一生。

如今，旺久早已过世，但是他带领群众修建的堤坝、水渠、村道却受用至今，泽被后世。这面五星红旗在立定村流传至今，早已成为立定村党员群众的信仰之旗、奋进之旗、团结之旗、感恩之旗和"传家宝"，印证着西藏今昔。

2021年盛夏，习近平总书记在这里远眺碧波荡漾、郁郁葱葱，由衷感叹"林芝是个好地方"。"国旗红"辉映"好风光"。巴宜区委立足习近平总书记三次到访巴宜区的巨大政治优势，深挖红色资源，以"红旗颂"为主题，打造了四个各具特色又相互联系的红色研学主题教育展览馆，引导广大党员干部群众近距离感悟领袖嘱托，汲取奋进伟力，传承红色基因，赓续红色血脉。

扫码观看《红旗颂》视频

▲ 鲁朗草场　摄影 / 郑胜日

▲ 雪后鲁朗 摄影 / 姚力

[米林县]

见证历史，守望山河
——新时代的米林欢迎您

从海拔2900米的林芝市出发，沿着湍急的雅鲁藏布江迤逦而上，穿越在念青唐古拉山脉与喜马拉雅山脉之间，距边境一线十多千米处，一栋栋民居错落有致，青山掩映，牛羊悠闲地漫步草甸上，这里坐落着中国最美山峰南迦巴瓦峰。

这里是米林县，是多民族和谐聚居的边境县。县域铁路、公路、航空等交通要素齐备，雅鲁藏布大峡谷、南迦巴瓦峰、珞巴民俗文化等旅游资源丰富，虫草、天麻、贝母等藏药材品种繁多，全县不过2.6万余人，近年来发展却十分喜人，家家户户门前国旗迎风招展，群众安居新房整齐划一，柏油村道宽敞平坦，村级幼儿园、文化广场等配套设施一应俱全……

这是米林县通过党建强边、产业富民、共建美好家园，团结带领党员群众做神圣国土守护者、幸福家园建设者的丰硕成果。解放前的米林，人口稀少，农牧民群众长期饱受封建农奴主压迫剥削，生活悲惨，苦不堪言。1951年西藏实现和平解放，同年，解放军抵达林芝，米林人民从此成为了社会主义国家的主人。党的十八大以来，在党和政府的扶持下，米林县聚焦党建引领，党员带着群众干、群众围着党员转，全县人民一起守边疆、共同谋发展，心越来越近、日子越来越好。全面打赢脱贫攻坚战，农牧民可支配收入持续增长，基础设施逐步完善，林芝机场建成快速通道、拉林铁路建成通车、"三区三州"电网改造升级全面完成，特色产业不断壮大，一二三产业深度融合发展，米林雅江桃源景区项目建

▲ 党员群众在边境一线巡逻宣誓主权　米林县委组织部驻琼林村工作队提供

▲ 坐落在边境一线的"琼林红色小牧屋"国防教育基地　摄影／赵松松

▲ 米林县全貌　摄影 / 赵松松

设完工，雅鲁藏布江大峡谷景区创5A级成功，山泽居、松赞林酒店等民宿遍地开花，各项民生事业蓬勃发展，米林群众在党和政府的带领下日子越过越红火，生活越来越有奔头。

走进米林南伊沟最深处的天边牧场，一座以"建我琼林，固我国门"为主题的"红色小牧屋"格外夺目。曾经，它是珞巴族群众游猎为生的居所；现在，它是群众巡边放牧的"驿站"。32座"驿站"昭示了小牧屋不同寻常的身份，承担着拱卫祖国西南边陲的重要责任——"边陲明珠"。

2020年以来，米林县与驻地部队开展"五共五固"军地基层党组织结对共建工作，对全县32个巡边放牧路上的小牧屋进行改造提升，把原来的木质国旗杆更换为不锈钢旗杆，配备桌椅、药箱、雨衣雨鞋、手电筒等，将党员分组编入4个小牧屋党小组，推进党的旗帜、阵地、活动、服务"四个前移"，总结提炼制度成效12项，实践成效15项，建成全区首个边境一线爱国主义教育基地"红色小牧屋"，受到党中央、中央军委等各级党委、军区的充分肯定。红色小牧屋开放以来，先后接待了多位中央领导，接待受教育党员干部3万余名，琼林村党支部获评"全国先进基层党组织"，真正成为名副其实的爱国主义教育基地。

米林历来就有军民融合发展的光荣传统，连续多年被评为"全国双拥模范县"的良好基础，军民一

▲ 小牧屋第三党小组——旗帜前移、阵地前移、服务前移、活动前移 摄影／赵松松

家亲，这是米林人民与驻地部队的光荣传统，这些年，米林县与驻地部队开展"一户一兵"结对认亲，相互走亲戚、吃团结饭，部队经常给群众送医送药、慰问困难群众，一直就像一家人一样，共同守护着祖国的边境线。

边境兴则边疆兴，边民富则边防固。如今的米林，人人争当哨兵，家家是哨所、生产是执勤、放牧是巡逻，筑起了边境上的"移动界碑"。米林人民的生活发生了巨大变化，正昂首阔步地走在共同富裕的康庄大道上，这些喜人的成果，都得益于党中央对我们边疆民族地区的特殊关怀，米林各族群众都深深感受到总书记和党中央的关心关怀，感受到社会主义制度的无比优越和祖国大家庭的温暖，听党话、感党恩、跟党走的信心决心坚定在心。

扫码观看《见证历史，守望山河》视频

▲ 日照金山 摄影 / 赵松松

[波密县]

帕隆江畔别样红

今天是我在波密工作生活的第417天,从踏上这片红色沃土的第一天起,我一直被这里的故事感动着。路晨老前辈,三年前,是您给我们讲述了英雄口号"让高山低头、叫河水让路"在波密诞生的往事。

现在我所在的位置就是通麦,我身后矗立的是川藏线上的十英雄纪念碑。1967年8月的一天,成都军区联勤部三营的战士执行战备运输任务,途经迫龙路段,突发山体塌方,十名战士光荣牺牲在这里。探险开路的英雄献身川藏公路运输事业,长眠迫龙山中,他们的精神闪耀在千里川藏线上。1968年11月4日,中央军委发布命令,授予他们"无限忠于毛主席的川藏线上十英雄"荣誉称号。波密通麦至迫龙路段山洪、泥石流等自然灾害频发。1954年,进藏部队就是在这里,摆开了筑路的战场。开山炮手悬吊在悬崖峭壁上,靠着刀劈斧砍打炮眼。突然,一声巨响,整个工地滑坡塌方、落入江中,一位小战士哭诉着报告:"战友们都被水冲走了,安全绳上只剩下我和排长,排长命令我迅速攀绳上去,他高喊了一声'一定要把路修到拉萨去!'就被巨浪卷走了。"公路修了塌、塌了修,同志们不怕牺牲,喊着"让高山低头,叫河水让路"的口号,在悬崖峭壁上修出了一条汽车"栈道"。川藏公路全长2000多千米,修了4年8个月,4000多人长眠雪域高原。今天,数以万计的游客心怀敬仰,驾车至此,鸣笛致敬,缅怀英烈。

▲ 通麦十英雄纪念碑　波密县文旅局提供　▼ 美丽波密　摄影 / 央青占堆

格桑花开——组工干部讲故事

◀◀◀

在波密这片红色热土上分布着波密县扎木中心县委红楼、易贡将军楼、通麦十英雄纪念碑、波密通车纪念广场等20余处红色遗迹，奔腾的帕隆藏布似乎在讲述革命先烈在这片土地上抛头颅洒热血的感人事迹。漫步江畔，波密人民赓续红色血脉，争做红色传人。近年来，波密县深挖红色历史、打造红色工程、开展红心教育，稳步推进"红色波密、红楼故事、红心党建"品牌创建工作，党员干部践行红色初心，各族群众感党恩、听党话、团结奋进的信心和决心更加坚定。波密是红色歌曲《毛主席的光辉》的诞生地，父老乡亲唱响红歌，拥戴核心；革命老区易贡，有机茶园欣欣向荣，红色基因生生不息；天麻基地，小天麻孕育"大梦想"，红色精神薪火相传。从帕隆两岸到高山峡谷，从波密县城到乡镇村居，红色精神犹如一条飘带，贯穿于波密的经济社会发展中，在红心党建的引领下，波

▲ 波密县彼得藏布江嘎朗村段 摄影/张立德

密蓬勃发展、蒸蒸日上，干部群众勇担时代使命，团结一心、努力奋斗。今天的波密正以昂扬的姿态，锚定"四件大事"，推进"四个创建"，勇立潮头、奋勇争先。

扫码观看《帕隆江畔别样红》视频

[工布江达县]

草原牧场上的"移动堡垒"

在海拔4500米以上的草原牧场,因放牧点、虫草采挖点远离村庄,给群众带来了资讯闭塞、活动匮乏、服务不便等难题,工布江达县为农牧民群众护航,创新提出在夏季牧场和虫草采挖点设置"移动堡垒"——"帐篷党支部"。由此,党员跟着牛群迁徙、支部跟着党员移动,便是这里的日常生产生活写照,更是广大农牧民群众温暖的"家"。

这个"家"藏有别样乾坤。在这里,它摇身一变成了"调解站"。"帐篷党支部"党员主动服务,为牦牛越界去牧场的纠纷当事人提供"上门调解",他们摆事实、讲道理、话友爱、谈亲情,成功调处一起邻里纠纷,用行动减轻当事人诉累。在这里,它摇身一变成了"致富所"。"帐篷党支部"充分发挥党支部的创造力、凝聚力,与群众一道理思路谋发展,手把手教给他们实用技术。你看"帐篷党支部"内,村"两委"正在领取牦牛养殖示范基地当年的分红。分红现场,乡亲们喜悦之情溢于言表,个个精气神倍儿足。在这里,它摇身一变成了"团结园"。"建设美丽幸福西藏 共圆伟大复兴梦想",驻村干部正在题板上用汉藏双语边写边读,群众也不时在本子上写着,在心里默念着。他们共同用语言文化来搭建民族团结桥梁。在这里,它摇身一变成了"守护神"。秀美河山、生态屏障的守护神——"帐篷党支部"党员,他们穿灌丛、踏青岗、顶烈阳、冒寒霜,用

▲ 夜晚的虫草采集点的帐篷党支部　摄影/崔峦　▼ 工布江达县巴松措景区　摄影/扎西

格桑花开——组工干部讲故事

▲ 工布江达县巴松措景区　摄影 / 扎西

格桑花开——组工干部讲故事

◀◀◀

脚丈量着祖国的金山银山，把青春留给祖国的大山，悉心保护着西藏的一草一木。在这里，它摇身一变成了"幸福屋"。党员与群众一道绣党徽、拉家常、同学习、忙秋收、跳锅庄、弹扎念……一幅幅其乐融融的景象映入眼帘，实实在在提升了农牧民幸福指数，赋能乡村振兴。

一名党员就是一面旗帜，一个支部就是一座堡垒。一支支党员志愿队伍活跃在草原牧场、一面面五星红旗飘扬在雪域高原，形成了一个个强大的"红色堡垒"，真正把党的声音和关心关怀传递到了"最远一家人"。就像55岁的党员吉觉说的那样："我们在党旗下宣誓了，就得无怨无悔地践行我们的铮铮誓言。"

"我志愿加入中国共产党，拥护党的纲领，遵守党的章程，履行党员义务……"一句句铿锵有力的誓词，生动诠释了共产党人的初心和使命。

扫码观看《草原牧场上的"移动堡垒"》视频

[朗县]

守望初心——三代人的传承

朗县藏语意为"光明、显现",地处西藏东南部、喜马拉雅山脉北麓、雅鲁藏布江中下游,拉林铁路横穿全境,国道219、560,省道205、510错落分布,交通网络四通八达;嘎贡瀑布、勃勃朗冰川、拉多藏湖各具特色,自然风光独树一帜;吐蕃钦氏家族统领治理"下约茹"有迹可循,苏卡·娘尼多杰在此开创藏医南派福泽后世,文成公主传奇故事在这里历久弥新,县域人文历史底蕴深厚。

这里是文成公主歌谣唱本掉落的地方,民族团结故事在这里传唱千年。"50"后白玛曲珍老人从小跟随爷爷和父亲学唱文成公主歌谣,并从90年代开始收徒传唱,孜孜不倦传承和发扬非遗文化。传承千年的歌声,是各民族人民手足相亲、守望相助的历史见证,各民族共同谱写了交往交流交融的壮丽诗篇,共同绘就了真情守望、共融发展的美好画卷。

和平解放、平息叛乱、民主改革、守土固边,历史的车轮滚滚向前,锤炼了各族干部群众勤劳勇敢、爱党爱国的鲜明品格。1959年3月,解放军追剿叛匪至西日卡村,扎西带领当地群众勇

▲ 白玛拉姆老人为青少年讲述文成公主歌谣内涵　　**朗县文旅局提供**

扫码观看
《守望初心——三代人的传承》视频

▲ 朗县全貌　摄影/加桑次仁

敢地与解放军站在一起,迅速平定叛乱并掀起了轰轰烈烈的民主改革,西日卡村自此迎来新生。1963年,解放军撤离西日卡村,但"唱国歌、升国旗"的传统一直保留至今。扎西的"70"后外孙加措家里至今收藏着一面上世纪八十年代的手缝国旗,续写着一个村庄和一面国旗感人至深的红色故事。高高飘扬的五星红旗,引领着边陲村庄日新月异的变迁,世代相传的手缝国旗,是一曲曲爱国颂歌的真情流露,也是守边卫士的精神写照。

新时代,"90"后致富带头人拉巴次仁带领扎村"两委"党员干部,强组织、打基础、谋发展、兴产业,多方筹措资金创办了拉多苏卡药香厂专业合作社、牦牛育肥和牛肉直销基地、藏药材种植和粗加工基地,走出了一条产业致富的好路子。一大批像拉巴次仁一样的"领头雁",团结带领党员群众齐心协力保稳定、促发展、护生态、固边防,全县社会稳定、经济发展、生态改善、边境稳固。

在西藏东南部,喜马拉雅山脉北麓,雅鲁藏布江中下游的这片神奇土地上,民族团结故事层出不穷,守土固边精神代代相传,每一个人同心同向,每一次相遇眷眷不忘。

岁月更迭、初心不改。新时代、新朗县,张开双臂欢迎您。

▲ 朗县冲康千年核桃树　朗县文旅局提供

[墨脱县]

峥嵘墨脱"路"

墨脱，是全国最后一个通公路的县。人们曾说"走过墨脱路，不怕人间苦"。而一代代墨脱人就是面对极其恶劣的自然环境和艰苦的戍边条件，艰苦奋斗，坚韧不拔，将个人生死安危置之度外，从"苦"中吃出"乐"来。一代代墨脱人时刻与党中央对表校准、对正看齐，始终同频共振、步调一致，谱写了一幕幕铁心向党、矢志不渝的忠诚史诗，铸就了"乐于吃苦、善于忍耐、勇于战斗、敢于创业"的"老墨脱精神"，在这个没有公路的边陲小城历史性地开创出了艰苦戍边路、奋斗发展路、美丽幸福路。

过去的路，艰苦戍边。自1952年8名珞瑜工作组成员翻越喜马拉雅山抵达白马岗以来，几代共产党人走在这条路上，逢山开路，遇水搭桥，循着"民心所盼、党旗所指"的方向、凭着"宁舍自己一条命、不丢祖国半寸土"的坚守，走过了1962年的金珠山口、走过了1966年的排龙血路、走过了1974年的多雄山关、走过了1992年的扎

▲ 未通公路前墨脱的路　墨脱县委组织部提供

扫码观看
《峥嵘墨脱"路"》视频

▲ 军地共建大棚种植结硕果　墨脱县委组织部提供

墨残道、走过了2005年的嘎隆天路，走出了"坚守数十载"的戍边之路。

现在的路，奋斗发展。自2013年通车以来，新时代的墨脱人传承前辈的"老墨脱精神"，秉着"底子薄就要多奋斗"的原则，走出了"户户悬挂国旗、人人感念党恩"的"稳定路"，走出了"茶香稻香瓜果香、红色绿色迷彩色"的"发展路"，走出了"绿水青山就是金山银山、冰天雪地也是金山银山"的"生态路"，走出了"争做神圣国土守护者、幸福家园建设者"的"强边路"，走出了"干部选拔向中心工作聚焦、基层党建促重点任务落实、人才队伍向'四件大事'汇聚、编制改革向关键领域保障"的"组织路"，边境基础设施不断改善、抵边农牧产业快速发展、农牧民群众增收致富，幸福的生活像格桑花儿一样开在雪域边陲，开遍墨脱大地。

未来的路，美丽幸福。在党中央和区党委的坚强领导下，墨脱将传承红色基因、赓续红色血脉，让"山这边比山那边好"，稳步走好尽责的"守土之路"、健步走快奋进的"振兴之路"、大步迈向康庄的"未来之路"，在党的光辉照耀下，傲然绽放在祖国西南边陲。

墨脱，当年因路而苦、而今因路而变、未来必将因路而兴。

▲ "墨脱戍边模范营"巡逻官兵翻越雪山　墨脱县委组织部提供

[察隅县]

西藏边防升起的第一面五星红旗

祖国是人民最坚实的依靠,英雄是民族最闪亮的坐标。党的十八大以来,习近平总书记高度重视褒奖英雄模范、弘扬英雄精神,号召全党全社会崇尚英雄、捍卫英雄、学习英雄、关爱英雄。英雄察隅英雄地,红色边疆红色心。察隅县位于西藏东南部,与印度、缅甸毗邻,是重要的边防要塞,为稳固边防、护卫国土尊严,七十年前,许多年轻的生命用鲜血染红了西藏边防线上的第一面五星红旗,结束了西藏有边无防的历史,也展露了英雄察隅的红色赤子心。

1951年5月23日,"十七条协议"在北京签订,宣告了西藏和平解放。驻扎在察瓦龙地区的14军42师126团接到中央命令,要求所部10月1日必须在察隅边防的沙玛方向升起五星红旗。8月下旬,部队经过短暂的筹备、动员,团长高建兴带领先遣部队率先出发,在皑皑白雪中艰难行走30多天,战胜彻骨寒风和大雪突袭,克服严重的高原反应,翻越四座5000米以上的大雪山,终于在9月下旬,抵达竹瓦根地区,距目的地沙玛还有100多千米。两年前的两次大地震,给交通造

格桑花开——组工干部讲故事

▲ 察隅县党政军警民于抵边产业园开展采摘茶叶共建活动　摄影／王应雷

▲ 翡翠湖　摄影/王应雷　▼ 察隅县党政军警民联合开展边境巡逻　摄影/王应雷

成巨大的压力,河流湍急、悬崖林立,就连原来的骡马小道也变成了悬崖绝壁,面对这样的情况,完成既定任务十分困难。但是部队没有被困难吓倒,高建兴带领一支小分队,发扬"特别能吃苦、特别能战斗、特别能忍耐、特别能团结、特别能奉献"的老西藏精神,逢山开路,遇水搭桥,硬是用血肉辟出一条通往沙玛的"悬崖天路"。10月1日,鲜艳的五星红旗如期在沙玛方向冉冉升起,五星红旗在祖国的西南边陲高高飘扬,正式开启了察隅军民团结一心、保家卫国、戍守边疆的英雄篇章。

习近平总书记指出:"英雄精神永远是我们不断开拓前进的勇气和力量所在,英雄来自人民,时代需要英雄。"英雄,就是普通人拥有一颗伟大的心,爱国、守边、固边、强边、兴边,就是察隅人民永远的中华情。英雄察隅戍边疆、红色精神永赓续,如今,察隅县在沙玛村建立了全区第一个以强边为主题的党性教育基地——沙玛强边训练营,这也是察隅县重点建设"边境党建红色长廊"中的重要一站,这条红色长廊串联起了察隅的英雄故事,凝结了察隅的红色精神,也激励着各族干部群众自觉传承英雄勋业,续写英雄荣光。

扫码观看《西藏边防升起的第一面五星红旗》视频

▲ 千年水磨岩 摄影 / 王应雷

ZANG DONG MING ZHU

藏东明珠
魅力昌都

昌都市将不断探索新思路、新举措、新途径，以更高标准更高质量推动更多"党建+文旅"示范点创建，切实让每一面党旗、每一个村委会、每一个党员都成为川藏线、滇藏线上

MEI LI CHANG DU

▲ 谷布神山溶洞　摄影 / 斯多

| 党旗下的网红打卡点 |
| 誓言 |
| 我来守护"她"的颜值 |
| 绽放在5300米以上的"雪莲花" |
| 平凡岁月许国亦许卿 |
| 我的村干部是"Tony老师" |

| 昌都人民的"喜羊羊" |
| 红色底蕴铺就幸福底色 |
| 回家 |
| 家园 |
| 九个康巴汉子的"十字绣" |
| 甜蜜串起来的红色事业 |

[昌都市]

党旗下的网红打卡点

◎小山村变身"网红打卡点"

"哇，好壮观的党旗！"

"真的没有想到，在昌都的村委会能有这么贴心的服务！"

……

"拉乌"，藏语意为"高山下的村庄"。自2019年1月第一位游客寻求充电帮助开始，该村着眼强化基层党组织政治功能和组织功能，聚焦"四件大事""四个确保"，聚力"四个创建""四个走在前列"，充分利用村级组织活动场所空间，逐步建立了集免费小功率充电、免费热水、免费洗手间、免费Wi-Fi、免费停车等功能于一体的"进藏游客服务型党组织"，面向区内外游客提供符合实际、力所能及的服务，正式开启"党建+文旅"新篇章。一位背包客说："这可是进藏进昌的打卡点，我徒步进藏之前，就了解了这个'党旗下的村委会'，今天亲眼看到，感觉十分惊艳，相信这次充能，一定能让我走得更快更远。"

涓滴之水终可汇流成河。经过3年多的发展，拉乌村的面貌发生了翻天覆地的变化。路边有垃圾，党员们自发去捡；路上有车抛锚，党员们自发帮忙拖车；游客有困难，党员们主动提供帮助，群众参与乡村治理的积极性显著增强。村民都说："来这儿的游客很多，我们可以向游客卖东西挣钱，带动了村里经济增长，

▲ 昌都市委常委、组织部部长李斌下乡途中与游客亲切交流　摄影 / 唐厚文

'党建+文旅'让区外的游客更加了解我们昌都的同时也给我们带来了好生活。"2022年3月，在村"两委"的带领下，138名村民耗时27天，在村委会南面的高山上垒筑起了巨幅红色石头党旗，表达对中国共产党、对党组织的感恩之情、感激之心，巨大的党旗在阳光下熠熠生辉，甚是壮观。

◎ **暖心服务让过往游客真诚点赞**

新冠疫情期间，许多游客滞留在318国道沿线，防控任务艰巨。为给游客提供暖心服务，确保过往游客安全，昌都市多个村级活动场所充分发挥"党建+文旅"品牌作用，助力打赢疫情防控阻击战。在左贡县列达村、东达村，党员志愿者们冲在一线、守在一线，既当好"党建+文旅"品牌的"宣传员"，又当好过往游客的"服务员"。"饭来了，大家快来领盒饭，希望大家齐心协力，共渡难关，

▲ 拉乌村志愿者与游客亲切互动　摄影/唐厚文

▲ 拉乌村爱心驿站标识牌　摄影/唐厚文

▲ 在国道318线上,党建元素也成为一种景观　摄影 / 唐厚文

▲ 游客在列达村爱心驿站合影　摄影 / 次成多吉

▲ 昌都夜景　摄影 / 杨惠全

◀◀◀

还有什么困难请随时给我们讲,我们都会给大家解决好。"这是在列达村委会一名党员送饭时说的话,这样的声音每天都会准时准点在村委会响起。许多游客因为暖心周到的服务而纷纷就地加入防疫志愿者,以"志愿红"激活"党建+文旅"新动能。一名重庆籍游客备受感动地说:"滞留在这里两天了,每天准时有暖心盒饭吃,非常感动、非常暖心,为表示感谢我也加入志愿者,希望早日战胜疫情。"

拉乌村、列达村的故事只是昌都市"党建+文旅"品牌创建的一个小小缩影。2022年昌都市已完成64个"党建+文旅"品牌示范点创建,接待过往游客2万余人,解决困难1000余件,每一个示范点的留言墙上写满了游客的感言。"党建+文旅"已经成为昌都的一张名片,有困难找党员、找党组织已然成为G317、G318、G214过往游客的"口头禅"。

2023年,昌都市将不断探索新思路、新举措、新途径,以更高标准更高质量推动更多"党建+文旅"示范点创建,切实让每一面党旗、每一个村委会、每一个党员都成为川藏线、滇藏线上的明灯,让广大游客一进昌都就能看到党旗高高飘扬,就能感受党组织的温暖,真正将"党建+文旅"品牌示范点打造成为铸牢中华民族共同体意识的"增长极",党建促乡村振兴、促基层治理的"助推器"。

扫码观看《党旗下的网红打卡点》视频

▲ 拉乌村的红色石头党旗 摄影/唐厚文

[卡若区]

誓言

4000多年前，繁衍生息在这里的人类，创造了令人惊叹的卡若文化；从唐宋到明清，茶马古道的马帮铃声在这里回荡了几个朝代。后来，在中国共产党的领导下，我们坚定信仰、接续奋斗，才有了今天的美好生活。

信仰，挺起了共产党人的精神脊梁；宣誓，开启了共产党人的奋斗征程。怀着誓言，一代又一代的中国共产党人，为了西藏和平稳定和人民的美好生活，用青春、热血和生命为祖国和人民赴汤蹈火、践行誓言。

70年前的今天，在中国共产党的领导下，中国人民解放军第十八军带着"把五星红旗插上世界屋脊，把光明和幸福带进西藏"的铮铮誓言，践行"老西藏精神""两路"精神，时刻牢记誓言，"背着公路"进藏，他们不辞辛劳、挥洒汗水，翻过达玛拉山，留下了"一枚银元和一个芫根"的佳话，一路艰辛地来到俄洛镇珠古村，经过多方协商、达成共识，联合阿沛·阿旺晋美将军成功起义，他们开天辟地、敢为人先，他们坚定理想、百折不挠，他们立党为公、忠诚为民，开创了西藏历史上的"三个第一"（西藏第一个派出所——城关镇达吉街中路派出所、昌都第一个农协会——城关镇生格村以及昌都现存唯一最完整的人民公社旧址——卡若镇瓦约公社），最终实现了西藏昌都的和平解放，为昌都人民带来光明和自由，真正让卡若这片古老文明的土地与红船精神血脉相连。

▲ 卡若区各族群众将党旗缓缓展开　摄影 / 崔华

格桑花开——组工干部讲故事

▲ 卡若姑娘的笑脸　摄影 / 齐齐格果果　▼ 唐卡绘制　摄影 / 崔华

◀◀◀

70年后的今天,卡若区一代代党员干部接续奋斗,涌现出像土丁尼玛、洛松郎直、加永尼玛等一批批坚定誓言的追随者、拥护者,以忠诚担当、坚定信念擦亮党员底色,他们不忘初心、砥砺前行,他们只争朝夕、不负韶华,用自己的点点滴滴、一言一行,诠释着誓言和百年伟大的"建党精神"。通过发挥党建引领作用,带领广大党员干部苦干实干,荣获多个国家级荣誉称号,如意乡达若村建设成为全国先进基层党组织、全国乡村治理示范村、全国民族团结进步示范村;中心坝派出所建设成为全国枫桥式派出所,卡若镇卡若村建设成为自治区先进基层党组织,城关镇通夏村发展成为昌都第一个"万元村"。

迈入新征程,卡若区广大党员干部用奋斗之笔,书写共产党人新答卷。他们在习近平新时代中国特色社会主义思想的引领下,牢记誓言、凝心聚力,乘势而上、踔厉奋发,聚焦"四件大事""四个确保",聚力"四个创建""四个走在前列",正向着第二个百年奋斗目标奋勇前进,为全面建设社会主义现代化新卡若贡献力量。

一句誓言,一生作答。誓言不仅仅是一句话语、一句承诺,更是一份责任、一生践行。今后,我们将一如既往、心如磐石地如习近平总书记所说:"像动如脱兔般奋跃而上、飞速奔跑",用自己的实际行动体现共产党员"不忘初心、践行使命,牢记嘱托、感恩奋进"的伟大追求和使命担当。

扫码观看《誓言》视频

[八宿县]

我来守护"她"的颜值

然乌湖，位于昌都市八宿县境内西南角，距离八宿县城约90千米的然乌镇。每当冰雪融化时，雪水便注入湖中，使然乌湖经常保有丰富的水源，湖边绿草茵茵，半山腰上莽莽森林，再往上是五颜六色的杜鹃花和灌木丛林带，山顶则是终年不化、重叠起伏的雪山，景色如诗如画、美不胜收。紧邻然乌湖的来古冰川，是西藏已知的面积最大和最宽的冰川，冰川的末端与冰湖之间，露出数十米高蓝幽幽的断裂冰层更是无比的壮美，随季节的不同，然乌湖水也呈现出碧蓝或青绿等数种颜色。

然乌湖与来古冰川的壮美景色让越来越多的游客慕名而来，络绎不绝的游客也为居住在当地的农牧民群众拓宽了增收致富的渠道。随着收入的增加，当地群众也渐渐明白了，正是大自然赐予的绿水青山才让他们收获了金山银山。文化水平不高的他们，通过参加各驻村工作队经常组织召开的学习会，更加深切地明白了绿水青山就是金山银山的道理。

从对理论的理解再到付诸实际行动，各村的年长者逐渐开始自发组织巡湖清理垃圾，也有年轻小伙结伴上山巡山护林。在自发组织的巡护活动中，各村党员与群众也发现了弊端，巡护没有固定时间和固定人员，也没有较好的划分巡护范围，最终达到的效果并不理想。于是各村的农牧民党员与群众决定组织成立巡护队，

▲ 湖边巡护　摄影/徐聪　▼ 巡护山林　摄影/徐聪

▲ 然乌湖　摄影 / 史文斌　▼ 夏日来古冰川脚下　摄影 / 史文斌

▸▸▸

巡护队主要以农牧民党员为主,农牧民群众也可自行参加与巡护队一起开展巡护。巡护队成立以来,他们巡逻的身影遍布了然乌的湖畔、山林、冰川,巡护中伴随着他们的党旗也成了然乌最靓丽的一道风景。从最初以农牧民党员为主的巡护队,到后来有越来越多的群众参与进来,从刚开始的捡拾散落在山林湖泊各处的垃圾为主要任务的他们,到现在也承担着制止乱砍乱伐和盗猎等不法行为的任务。巡护并不是一帆风顺的,他们中有人摔伤过,有人被盗猎陷阱弄伤过,同时也有人冒着生命危险在山林追捕过盗猎者。于微小见真知,于平凡见担当,他们不辞辛劳,风雨无阻,以自己的行动践行着守护绿水青山的使命。

如今的然乌更加吸引着无数的摄影团队、自驾旅游团队入住,大家在这里观湖、赏冰川的同时,还能购买到野生菌、酸奶、奶酪等当地特产,漫步在然乌湖边,来古冰川脚下,许多农牧民群众自发劝导游客爱护环境、为游客引路、帮助有困难的游客。

旅游业作为绿水青山和金山银山的最佳结合点,成为了然乌群众富民兴村的发展方向,"两山"理论在然乌群众心中的根植,让他们成为了守护绿水青山的卫士。在西藏肯定也有无数像他们一样,对"两山"理论从理解再到自身转化的农牧民党员和群众。无数微弱之力的积攒,最终化成巨大的能量,将会让青藏高原的绿水青山、冰天雪地越来越美,农牧民群众的生活越来越富裕。

扫码观看《我来守护"她"的颜值》视频

[边坝县]

绽放在5300米以上的"雪莲花"

"峭壁摩空,凛冽冰城,少有微风,断不可过。"乾隆年间驻藏大臣松筠曾在《卫藏通志》里这样描写夏贡拉山。夏贡拉山,海拔5300米,山势险峻、气候恶劣,有"入藏第一险"之称。"登高必自卑,行远必自迩",巍峨的夏贡拉陪伴着边坝人民,承载着边坝人民浩如烟海的依恋与敬仰。但也正是这神圣的夏贡拉,让边坝人民在冬日里寸步难行。"天山雪后路难行,大雪封山行路苦"是夏贡拉冬日出行的最真实写照。

"雪莲",象征着坚韧与希望。由一支各级党组织和广大党员干部组成的"雪莲"先锋队,是"天险"路上的"逆行者",他们充分发挥战斗堡垒作用和先锋模范作用,不畏困难,征服"天险",在漫天飞雪、严寒刺骨的冬日,用自己的身躯、用自己的信念、用自己的坚守,打通了学生求学、群众出行、物流运输等生产生活的畅通之路,为边坝人民筑起坚实的安全屏障,用初心践行了使命,以行动诠释了担当,再次印证了那句"征服夏贡拉,唯我边坝人"的豪言壮语。

◎ "我们既敬畏它,又离不开它"

金岭乡卡许村一位党员同志说:"我们既敬畏它又离不开它。"事实确实如此。每年的11月至次年4月夏贡拉大雪封山,道路中断。冬季的夏贡拉山,路面被积雪和暗冰覆盖,又有各种沟坎侧倾,路一侧就是覆雪又深不见底的悬崖,即使看着不算陡峭的地方,也可能埋有暗冰,暗藏雪窖。"一冰雪槽"的夏贡拉,致使学生返校、群众出行时险情频发,神圣的夏贡拉一度成为学生冬日返校、群众到县城购置生产生活资料途中的最大拦路虎。

◎ "雪莲"先锋队——行走在天边的"守护者"

哪里有困难，哪里就有党组织，哪里就有党员挺身而出。2022年3月，夏贡拉山依然被皑皑白雪覆盖，金岭、加贡两个乡群众出行、学生返校的问题再度成为摆在县委、县政府面前的突出难题。雪莲先锋队响应号召上山铲雪除冰，出动大型装载机、铲车等重型机械辅助作业，他们不惧严寒、不畏风雪，手持铁锹、十字镐一铲一铲地铲除路面积雪，每天平均工作近11小时。有的队员双手磨出了水泡，有的双手开裂，有的双脚长期浸泡在雪水中导致冻伤，他们身上的雪，冻成一层层冰碴，在太阳的映射下晶莹剔透、五彩斑斓，犹如绽放在夏贡拉山上一朵朵圣洁的雪莲花，成为巍巍雪山上最亮丽的风景线。

▲ 先锋队成员帮助学生运送书本　摄影/曲平

▲ 学生们翻越夏贡拉山的艰难求学之路　摄影/曲平

▲ 经过连续8天的铲冰保通作业，学生踏上归校之路　摄影/曲平

▲ 学生们在顺利返学的路途中向先锋队成员表达谢意　摄影/曲平

◂◂◂

天虽冷、雪虽寒，但战胜不了雪莲先锋队用真情谱写出的热火朝天的雪中情；路虽难、行虽坚，却不敌雪莲先锋队用实际行动践行"我为群众办实事"的浓浓深情，他们始终是这样一群行走在天边的"守护者"。

◎ "辛苦了，谢谢你们"

8天的连续作业，8天的全力攻坚，雪莲先锋队硬是在看似无法逾越的夏贡拉山上成功开辟出了一条"安全通道"。之后的近一个月时间里，雪莲先锋队轮班坚守一线，最大限度地化解交通安全风险隐患，安全护送金岭、加贡两乡总计251名学生

▼ 三色湖　摄影 / 李鑫

顺利返校，帮助两乡4000余名群众摆脱因积雪无法翻越夏贡拉之苦，突破了夏贡拉山历史上"最早"通行的历史记录。一声声"辛苦了！谢谢你们！"一双双满含热泪的眼睛，一条条洁白的哈达，都是群众对他们最真诚的感谢和祝福，这份情将会永远留存在这神圣又巍峨的夏贡拉山上。

我将无我，不负人民。雪莲先锋队用实际行动弘扬了"奉献、友爱、互助、进步"的志愿服务精神，践行了"江山就是人民，人民就是江山"的理念，诠释了共产党员的先锋模范作用，以高度的政治责任感守初心、担使命，切实为人民群众疏通了生命线、平安线、幸福线，让红色党旗在夏贡拉山顶迎风飘扬。

扫码观看
《绽放在5300米以上的"雪莲花"》
视频

[察雅县]

平凡岁月许国亦许卿

推开邓增措姆的家门,映入眼帘的是一尘不染的庭院,窗明几亮,绿藤成荫,室内家具并不新却干净整洁,并以一种医务工作者特有的规整摆放着,彰显着女主人的细心,一眼望去,就是一个平凡的不能再平凡的家庭,很难想象这家的男主人已经不良于行近13年了。

2009年12月30日,刚结婚不到两年的爱人西绕塔西在去给学生上晚自习的途中,不幸发生车祸,匆匆赶到医院的邓增措姆看到手中的诊断报告只觉眼前发黑……半身不遂,爱人在今后的人生中要一直与轮椅为伴,晴天霹雳降临到这个组建不到两年的温馨小家。而当时全国正面临着世界级的"甲型H1N1流感"侵袭,警戒级别升至6级,这是世卫组织40年来第一次把传染病警戒级别升至最高级别。

一边是轮椅上的丈夫和不到两岁的女儿,一边是身着白衣那一刻就铭刻的职业操守;一边是三生石上许下的诺言,一边是一名共产党员的信仰。在邓增措姆的人生中,生活从未有过如此的撕裂,但在那段时间,她没有向组织讲过一次困难,请过一天事假。事后,有人问她,那段时间是怎么过来的?邓增措姆只是腼腆地笑笑回答:"不知道怎么过来的,只记得很忙、很累,两边都要顾,两边使劲跑,等回过神好多事情就过去了。""性命相托、健康所系"是对党的誓言;"相守一生、白头偕老"是对爱人的承诺。

平凡人生感谢你的相伴,平凡岁月许国亦许卿!

▲ 邓增措姆帮眼睛不好的婆婆干家务　摄影／达瓦次仁

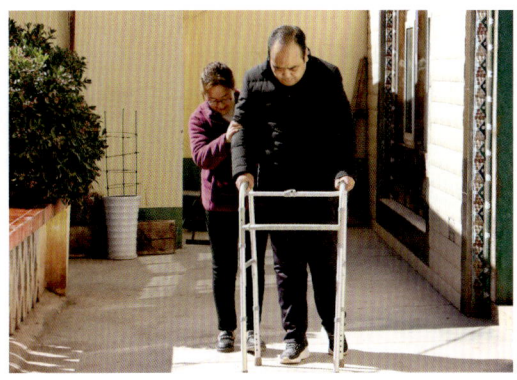
▲ 邓增措姆帮助爱人进行康复训练　摄影／达瓦次仁

▲ 邓增措姆一家人欢欢乐乐在一起　摄影／达瓦次仁

▲ 基层防疫数据统计　摄影／达瓦次仁

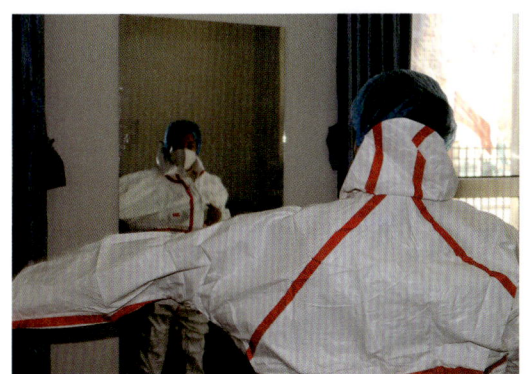
▲ 疫情就是命令，我着白衣奉命出征　摄影／达瓦次仁

▲ 核酸采样　摄影／达瓦次仁

▲ 察雅县全景　摄影 / 齐齐格果果　▼ 万仞绝壁上的顽强生命　摄影 / 拥青

◀◀◀

命运是否小瞧了生命的力量,那段灰色岁月,当事人不愿提及,但我们知道的是,在邓增措姆的悉心照顾和多方求医下,西绕塔西虽因伤势太重,生活仍难能自理,但目前已可依靠拐杖蹒跚而行,状况大为好转。我们知道的是,在照顾丈夫的同时,她的本职工作从未落下,从优秀共产党员到先进个人,从全国五好文明家庭荣誉称号到先进医务工作者,从"优秀抗疫战士"到"先进管理者",再到三八红旗手,她的荣誉几乎等身。

在防疫工作这个行当中,流传有一句话:"善战者无赫赫之功,善医者无煌煌之名"。2005年的疑似鼠间鼠疫,2009年的甲型H1N1流感,2015年的麻疹,直到2020年在全世界爆发的新冠肺炎疫情,邓增措姆都是亲历者和参与者,永远身着白衣,永远冲锋在一线。记忆犹新的是2014年9月在阿孜乡和宗沙乡开展结核病抽样调查,时间紧、任务重,连着28天衣不解带地工作,丈夫、孩子无暇顾及,家里的重担只能拜托年迈且有心脏病的婆婆来照顾,这是丈夫病重后邓增措姆第一次和丈夫分开这么长时间,每次回忆起,邓增措姆还是满满的愧疚。

在察雅,偏远农牧区群众医疗观念落后,对基层防疫政策,特别是疫苗接种政策极度抗拒。为落实防疫政策,邓增措姆就和同事们对辖区群众挨户登门拜访,多方搜集图片材料,为村民讲解政策,普及医学常识,说服群众接受国家防疫政策、接种疫苗,这在当时的昌都,可真不是件轻松的活。

仔细想来,三五分钟浮光掠影的简介很难概括她走过的人生历程与生活艰辛,因为只有经历方能冷暖自知。我们瞻仰过伟大,但接触更多的还是平凡,而邓增措姆就是这样一位在平凡中显出不平凡的普通人。

扫码观看《平凡岁月许国亦许卿》视频

[丁青县]

我的村干部是"Tony老师"

丁青县延伸拓展标准化村级组织活动场所服务功能，全面挂牌村（社区）理发室，以"小推剪"为切口，村干部变身"Tony老师"面向群众开展免费理发服务，理发室架起了党群"连心桥"，紧密地把群众团结在党组织周围。

民惟邦本，本固邦宁。村干部是离群众最近的人，群众工作是用真心换民心，走进村级组织活动场所，门前挂着理发室的牌子，内部剪刀、梳子、椅子、围布、镜子等设施一应俱全，丁青县的村干部摇身变为"Tony老师"。为调动广大农牧民群众参与理发的积极性，村社通过召开党员大会、村民会议等积极宣传理发室设置为群众带来的实惠，坚持个人自愿、群众所需原则，全县共配备理发工89人，通过参加县委组织部、县人社局联合举办的技能培训，培训合格发放结业证书，持证上岗。同时建立健全农牧民群众定期理发督促提醒机制，面对所服务的对象，由理发工在1—2个月内，定期督促提醒农牧民群众自觉理发，养成良好的生活习惯，摒弃陈规陋习，切实在全县范围内营造出讲卫生、爱文明的良好氛围。

三千烦恼丝，丝丝暖民心。每周的二、四、六，丁青县的村社党群活动中心定然热闹非凡，随着"Tony老师"的持证上岗，越来越多群众来到理发室，"Tony老师"变得忙碌起来，一边熟练地为群众围上围布，一边征询群众的意见，做好服务工作，党群活动中心充溢着群众的欢声笑语。理发师们动作娴熟，随着电推剪的吱吱声，为群众精心修剪头发，一根根发丝掉落在围布上，让群众的精神面貌焕然一新。

▲（上）丁青县丁青镇仲佰村驻村工作队为幼儿园小朋友理发　摄影／夏波

◀（左）丁青县丁青镇丁青村"Tony老师"为党员、群众理发后合影留念　摄影／张林

▶（右）丁青县丁青镇仲佰村民族宗教委员扎堆上门为仲佰村二组行动不便老人嘎达理发　摄影／夏波

◀◀◀

翌日清晨,打茶机嗡嗡响起,仲佰村民族宗教委员扎堆正准备喝上一口香甜的酥油茶时,家中电话铃声突然响起,接完电话扎堆立即带好理发工具箱,骑上摩托车来到行动不便的嘎达家中。扎堆亲切地问:"嘎达,最近身体怎么样了?"嘎达高兴地挥着手对扎堆说:"你来啦,快坐快坐,身体啊,还是老样子。""你的头发长得很快啊。""是啊是啊,又要麻烦你了。""这有什么麻烦的,我们本来就是为人民服务的啊!"就在这一声声亲切的问候中,扎堆将老人扶上座椅,细心地为老人洗头、理发、吹头发,和老人拉家常。我们的村干部理发室秉持"民生关怀一个都不能少"的理念,尽我所能,服务群众所求,对行动不便的老人,开展免费上门服务,以"小切口"做好"微实事",把"党群心"串成了"同心圆"。

根之茂者其实遂,膏之沃者其光晔。以"微实事"撬动"大民生",让群众在追求民生幸福的路上,有更多获得感是修建活动场所的应有之义。理发之余,党群活动中心

▼ 布托措琼　摄影 / 罗布扎布

随时免费向党员群众开放,"Tony老师"还积极为群众宣传政策法规,提供代办服务,开展科普培训,传播致富信息,交流致富经验,给群众带来方便和实惠的同时,紧密地将群众团结在党组织周围,村级阵地真正成为了群众休闲的乐园、党员教育的课堂、村民致富的讲坛、联系群众的桥梁。

扫码观看《我的村干部是"Tony老师"》视频

[贡觉县]

昌都人民的"喜羊羊"

适逢青藏高原最美丽的季节，一望无垠的拉妥草原在蔚蓝天空、繁花绿草、连绵群山的点缀下，好似一颗镶嵌在藏东大地上的绿宝石，宁静又美好。突然，"叮铃叮铃"的铃铛声，"咩咩咩"的羊叫声，粗犷浑厚的吆喝声打破了草原特有的静谧，成群结队的羊群啃食着鲜美的青草，悠然自得地从远方走来，目光所及，它们好似点缀在绿色地毯上的白色珍珠。它们体型高大，背毛以白色为主，头部、颈部、腹下均为棕色，羊角向外呈捻曲状，当地牧民称它们为"阿旺绵羊"。

半坡上，一个肤色黝黑的康巴汉子，正驱赶着羊群往肥美的草地走，他一边甩着长鞭收拢离群太远的羊只，一边悠悠唱起了康巴牧歌。他叫多贡，今年五十多岁，面色红润，说起话来干脆利落。"绵羊每年都能出栏，以前缺乏绵羊疾病预防与救治措施，成活率低，没有养牦牛划算，现在不一样咯，村里都在养殖阿旺绵羊，我们的日子越来越好了……"提起阿旺绵羊，多贡难掩内心的喜悦。

多贡是村里的养羊大户，靠着养羊年均经济收益超20万元，让他过上了梦想中衣食无忧的好生活。村民看着他日子越来越好，纷纷学他加入养殖绵羊行列，这几年村里群众的收入也逐步提高，生活越过越好。

▲ 牧羊人 摄影/白玛才旺　▼ 饲草丰收 摄影/白玛才旺

格桑花开——组工干部讲故事

▲ 贡觉阿旺绵羊　摄影/白玛才旺　▼ 贡觉县三岩碉楼群　摄影/张波

阿旺绵羊作为青藏高原特有品种，具有1400多年的养殖历史。但在2015年以前，当地牧民都是以零散放养为主，效率低下，无法形成规模化养殖。2015年以来，贡觉县根据做大做强做优产业发展思路，立足阿旺绵羊优势，大力发展科学化养殖，先后投入7600余万元建成阿旺绵羊保种扩繁基地2个，积极探索"公司+基地+支部+合作社+农户"经营模式，与19个村党支部签订阿旺绵羊养殖扩繁协议，带动1333户群众增收，培养党员养殖大户52户，真正做到了一方水土养活一方人、富一方人。

短短几年，阿旺绵羊凭借皮质好、肉质细嫩、无膻味等特点，在市场上建立了良好口碑，烙下了贡觉美食标记，各地络绎不绝的订单，也使阿旺绵羊逐渐成为拉动贡觉经济发展、农牧民增收的"喜羊羊"。2015年西藏自治区对阿旺绵羊进行品种认定，2018年完成"昌都市阿旺乡绵羊"地理标志注册，现在的阿旺绵羊是西藏自治区遗传资源保护品种和国家地理标志产品，是贡觉县名副其实的"金字招牌"。

今天的阿旺绵羊，产业链越做越大，已经成为当地群众增收致富的主要渠道之一，"喜羊羊"正带领着贡觉儿女乘着党的二十大、高原铁路项目建设的东风，谱写贡觉人民美好幸福生活的新篇章，为顺利实现乡村振兴提供了坚实保障。

扫码观看《昌都人民的"喜羊羊"》视频

[江达县]

红色底蕴铺就幸福底色

70多年前,一艘艘牛皮船载着"金珠玛米",带着伟大使命,踏着金沙江的咆哮走向世界屋脊。于是,在这块土地上,冉冉升起了西藏第一面五星红旗,解放的金光从这里开始铺满圣洁的雪域高原。

70多年后,我们一起追寻先烈足迹,重温敢教日月换新天的伟大精神,来到西藏解放第一站——昌都市江达县岗托镇。这里,家家户户屋顶高高飘扬着鲜艳的五星红旗,红顶白墙小阁楼,碧水青山新农村,一幅岁月静好的画卷。传承着红色基因的岗托干部群众正在为美好生活接续奋斗。

70多年前,被称为天险的金沙江只有滚滚东流的江水和两岸陡峭的岩石,要渡江只能靠牛皮筏子;1950年,"金珠玛米"手握简陋的铁锹、十字镐,打通了横断山脉,修筑出进藏的天路。10万筑路大军中,3000多人捐躯高原。从此,金沙江上建起一座吊桥,岗托人民从此告别了牛皮筏子,"乱石纵横、人马路绝、艰险万状"的状况不复存在,高原雪山有了道路,阳光普照。1974年12月,317国道金沙江大桥老桥建成通车;2008年8月,岗托新桥建成通车。一座桥,成为了社会主义新岗托、新昌都、新西藏变迁的缩影。

今天,这里成为了党建促乡村振兴及国省道沿线"党建+文旅"品牌创建的示范点,"老西藏精神"在这里传承,"两路"精神在这里发扬光大。红色基因、绿色发展和碧水蓝天的"红、绿、蓝"三原色不断交融,新时期乡村振兴之路在这里蓬勃发展。借助

▲ 新时代的岗托村　▼ 红色岗托　摄影 / 陈皎巴特

格桑花开 —— 组工干部讲故事

▲ 岗托解放广场　摄影／陈皎巴特

▲ 十八军军营遗址　摄影／陈皎巴特

◀◀◀

美丽乡村建设，把红色资源融入农村观光休闲旅游，把红色基因融入党性教育基地。通过高原特色的"农事体验+党性锤炼"主题，打造了"红色+绿色"党性教育和文化旅游矩阵，开发出红色相关文创产品，为西藏特有的红色党史传承搭建了载体与平台。

岗托的红，是70余年峥嵘岁月酝酿的红。你看川藏交界的金沙江畔小石山上，"西藏"两个字向317过往的旅人诉说着"红"的起源；十八军军营旧址里，少先队员站在展板前，用稚嫩的声音朗诵着70年前的轰轰烈烈；红旗广场上，老人们炯炯有神，诉说着70年来惊世骇俗的变迁，街头巷尾、田间地头，老中青三代人都在传颂着红色的故事，"红色基因"已经深深刻在这片土地上。

岗托的绿，是践行"两山"理论，走绿色发展的绿。"靠山吃山"的岗托群众在这广阔的田间地头里"做文章"。从空中俯瞰，一边是碧浪滚滚的金沙江，一边是良田间星罗棋布的特色民房。美丽的雪巴沟中，祥水山庄高端民宿、旅游酒店应运而生，把红与绿融合的淋漓尽致。凭借独特的区位优势和交通条件，从"出行路"到"产业路"，再到"旅游路"的延伸拓展，岗托的运输业和旅游产业也随着"路通"逐渐兴起，农家乐、民宿如雨后春笋般迅速发展。

岗托的天，是蓝天白云，让人心旷神怡的蓝。湛蓝的天空，是多少城市的向往，不妨在这湖畔歇歇脚，缓口气，让清新的空气、洁白的云消除一身的疲惫。休息好了，就呼朋唤友，到我们的萨列营地，坐在卡垫上,望着蓝天下的重峦叠嶂,品尝一下藏式美食。觥筹交错,一起把酒言欢到夕阳西下,看着如同蓝宝石般的天空被夕阳映红。只有亲身经历一次,才能真正感受到身体和心灵的彻底放松。

"红、绿、蓝"不断交融,为岗托的乡村振兴注入强劲动力。2021年以来岗托各类红色文旅项目接待游客7万余人次,实现创收120余万元。产业兴旺、生态宜居在岗托逐步实现,安居乐业、村美民富渐渐成为岗托的形容词。

让"红、绿、蓝"三原色融合成洁白的哈达,献给来自远方的你;让这样一个集红色文旅、爱国教育、乡村旅游、高原风情和民族团结于一体的特色民族村寨,在党的金色光辉下熠熠生彩。

扫码观看
《红色底蕴铺就幸福底色》视频

▲ 西藏解放第一村　摄影/陈皎巴特

[类乌齐县]

回家

"多少次梦里与你相见，忘不了你的美丽容颜，你是九天里飘下的一片彩云，你是那颗藏东明珠璀璨耀眼。"这首诗，来自1979年从天津到西藏昌都类乌齐县工作的援藏干部——李纯民。

"一人援藏，全家援藏；一次援藏，终生援藏。"这是他常挂在嘴边的一句话。1979年，李纯民响应国家支援西藏的号召，前往距离天津近3000千米以外的西藏昌都类乌齐县工作。第一次进藏，李纯民等一行人，从北京乘火车至成都，后转乘汽车，在土路上奔波了整整6天，下车的时候，已经成了"土"人。

"过三关"：初到昌都类乌齐，事情千头万绪，但李纯民首先要面临的是如何适应当地的工作和生活环境。他把这形象地概括为"过三关"——"骑马关、语言关、生活关"。"骑马关"：下乡宣传政策、进行生产生活调研是李纯民的主要工作。几十年前，下乡的路很不好走，有的地方骑马也要三四天，没有马匹根本行不通。不怕骑马，不怕被摔，成了李纯民进藏工作的第一课。"语言关"：为了更好地开展工作，李纯民专门准备了一个小本子，用汉语拼音标注藏语发音，有空就背几句。如今这个已经泛黄的笔记本上，写满了李纯民当年的记忆。他说："尊重少数民族的一个重要方面，就是尊重他们的语言。"掌握了语言，如同掌握了走进藏乡的钥匙。随着李纯民下乡工作的次数与时间逐渐增多，他与当地老乡同吃、同住、同劳动，帮他们除草、背肥、防霜、到山上去放土火箭驱雹，还给他们普及科学知识……会说藏语的他，被当作亲人一样看待。"生活关"：下乡工作时，李纯民最

▲ 类乌齐县城　▼ 看望村民　摄影 / 刘函冉

格桑花开——组工干部讲故事

▲ 入户看望肢体残疾学生　摄影 / 刘函冉

不适应的就是吃不到青菜，这导致本就肠胃不好的他经常性便秘。最严重的一次，整整6天解不出大便。"幸好有当地群众给我煮昂贵的酥油茶，房东大娘给我炖芫根，这才缓解了症状。"李纯民说。

1983年底，因工作劳累，李纯民突发自发性气胸，病情十分危急，县里想方设法将他送回天津治疗，最终挽救了他的生命。近5年在西藏的生活，类乌齐的山山水水，朴实的藏族老乡成了他生命中的一部分。

"西藏的教育问题从此在我心里扎了根，总想为他们做点什么。"1993年，李纯民第一次重回类乌齐。经过一个教学点时，发现教室的窗户没有玻璃，只用塑料布糊上，风呼呼灌进来，上课的孩子们冻得瑟瑟发抖。这一幕让李纯民感到心疼不已，

▲ 在自己当年援建的学校里与学生坐在操场上　摄影/刘函冉

他留下钱，嘱咐校方给教室装上玻璃。

从那以后，改善类乌齐的教学条件便成了李纯民的"乡愁"。2006年，李纯民再次回到类乌齐，桑多镇恩达村教学点低矮的校舍和破旧的教具成了他的"心结"，李纯民与朋友一道，出资35万元，扩建恩达村教学点。

2007年，恩达村教学点新教室顺利落成，升格为恩达小学（现为桑多镇第二小学）。自2007年至今，李纯民发起设立"齐兴"助学奖励基金，每年奖励并资助类乌齐县优秀教师和品学兼优的贫困家庭学生。截至目前，该基金共募集各方捐款900余万元，其中李纯民个人捐款逾130万元。"扶贫先扶智，建立'齐兴'助学奖励基金，就是大家共同来振兴西藏的教育。"李纯民说这就是他的期望。

◀◀◀

今年31岁的郎加桑姆是接受李纯民个人资助的藏族学生之一，毕业后她选择回到家乡传播知识，目前担任类乌齐县第二小学数学教研组组长，工作之余也在尽微薄之力开展助学活动。"如果不是李爷爷，我根本不可能站在讲台上，这笔助学金减轻了许多生活上的负担，也让我有了跟别人一样追逐梦想的机会。"郎加桑姆说。

尽管年近古稀，但他毅然踏上了第22次"回家"的路；心里牵挂的，始终是这里的人们。为了高海拔乡镇小学的孩子们能用上热水，他不辞辛劳，足迹踏遍类乌齐每一寸土地，他几乎和每所学校的校长都亲如兄弟，每到一所乡镇小学，都会听到孩子们亲切地喊"李爷爷"，"李爷爷"这个亲切的称呼，早已住进了孩子们的心里。"脱贫攻坚、振兴教育、民族团结都是党的号召，作为一名共产党员、一个曾经支援西藏的干部，做好这些事只是尽自己的一份责任。"

结缘西藏，40多年如一日，李纯民用行动诠释着一次援藏、终生援藏的情怀。像李纯民一样的千千万万援藏干部，他们把西藏当作第二故乡，视西藏各族群众为亲人，舍小家为大家，用智慧、汗水、坚韧乃至生命诠释援藏干部的崇高品质和奉献精神。

扫码观看《回家》视频

▲ 远眺当年下乡调研过的村庄　▼ 重返当年调研过的乡镇　摄影 / 刘函冉

[洛隆县]

家 园

从西藏昌都市一直向西南，在300千米的深山峡谷中，藏着一处神秘的南川谷地，它就是古时茶马古道、官道、商道的重要之地——洛隆县。走进洛隆县，天蓝地绿，高山雪景如画，民族风情如歌，在这块纯净的土地上，藏族、汉族等13个民族团结一心，守望相助，共同开创和谐、稳定、团结的致富路，使洛隆这块高原秘境充满勃勃生机和活力。2018年洛隆县退出贫困县，洛隆的经济蒸蒸日上，洛隆的生态环境也愈发优良，新时代的洛隆人民依然谱写着民族团结、民族和谐的新篇章。

民族团结历来就是洛隆县的闪亮名片。清朝时期，驻守在洛隆县硕督镇的部分汉族官兵，迎娶当地藏族姑娘为妻，此后世代居住在洛隆。如今在硕督镇，清代汉墓群、藏汉民族团结树、古城墙、狮子舞、泡菜等，都是当地藏族同汉族和其他少数民族间的相互融合、团结进步的最好见证。

说起藏汉文化融合，硕督狮子舞最具有代表性，传承人邓巴阿尼是第三代狮子舞传承人，它最早是从清朝末年汉族商客传入硕督村的，狮子舞的表演形式丰富多彩，舞动的狮子撒欢、转圈、打滚，如今的狮子舞融入了洛隆本土元素、锅庄舞元素和祈福环节，舞蹈音乐与藏族民歌联系紧密，狂野飘逸，形成了一种全新的、独特的舞蹈形式，让硕督狮子舞成为了藏汉民族文化碰撞出的结晶。邓巴阿尼的女儿洛亚卓玛，2015年认识了来自四川的段景刚后，他们喜结连理、守望相助。2016年，硕督镇纳入了洛隆县第一批易地搬迁对象。段景刚一家人住进了硕督镇易地搬迁房内，这里的安置房设计沿用了藏东传统格局与室内现代风格相融合的手法。安置房

▲（上）硕督镇团结树　▲（中）硕督镇狮子舞　▼（下）团结月饼　摄影／阿旺龙都

▲ 卓玛朗措湖　摄影 / 桑周吉

◀◀◀

内"水、电、路、讯、网"等基础设施全覆盖，方便搬迁群众的生产生活，让搬迁群众实现现代化的宜居梦。

党的十八大以来，洛隆县委、县政府高度重视民族团结工作，认真贯彻落实民族工作方针政策，贯彻落实习近平总书记系列重要讲话精神，特别是"加强民族团结，建设美丽西藏""中华民族一家亲、同心共筑中国梦"重要指示精神，洛隆县民族团结进步事业硕果累累。2014年硕督镇荣获全国民族团结进步模范集体荣誉称号，2014年硕督镇中心小学荣获全国民族团结进步模范集体荣誉称号，2019年孜托镇荣获全国民族团结进步模范集体荣誉称号，2019年洛隆县小学荣获西藏自治区民族团结进步模范集体荣誉称号，2021年洛隆县成功创建自治区民族团结进步示范县。

如今的洛隆，经济社会飞速发展，各族干部群众安居乐业，民族交融更加紧密，民族团结家庭也越来越多。各民族干部群众听党话、感党恩、跟党走，手挽手、心连心携手共创繁荣稳定的新时代，已成为了一种优良传统、一种共同追求，流淌在5.9万余名洛隆儿女的血脉里。目前，洛隆县共有民族通婚家庭208户，在洛隆县这片各民族团结进步的美丽土地上，各族群众相互交融、和睦相处、和衷共济、共同发展，谱写着一曲曲民族团结进步的赞歌。

蓝天有了白云才会更加美丽，青山有了丛林才会更加翠绿，洛隆有了各民族的团结奋斗，才会焕发出旺盛的生命力，让民族团结之花永远绽放在祖国的高原之上！

扫码观看《家园》视频

[左贡县]

九个康巴汉子的"十字绣"

这里是两江福缘地,梅里北门庭——西藏左贡。来到这里,走进以五星红旗为主题的列达村史馆,一行行文字,一张张相片,一帧帧影像,都诉说着一段感人至深的九个康巴汉子的"十字绣"的故事。

步行于列达村村史馆内,缓缓地从一件件展品前走过,来到支前照片及物件展柜时,驻足停留,凝视着与支前相关的物件,思绪回到了60年前。中印边境自卫反击战打响,一支由九名共产党员带头的列达村支前队伍,冒着炮火硝烟,顶着枪林弹雨,为前线运输物资、救治伤员,在维护国家统一,反对侵略的战场上,留下了极其珍贵的左贡身影。回到家乡,那面在硝烟中屹立不倒的国旗始终令人难以忘怀,血与火的交织仍然历历在目。强烈的爱国情怀让9名党员再次聚首,他们以手绣的方式,历时两个月时间,重染那抹国旗红。

因是凭记忆手绣,这面国旗的尺寸、布局并不符合《中华人民共和国国旗法》规定,但并不妨碍她成为列达村群众的爱国主义精神图腾,镌刻进他们的心灵深处,凝聚成了专属于列达村的"红旗精神"。这种精神,是听党话、感党恩、跟党走的信心决心;是矢志不渝、热爱奉献的爱国热情;是充满朝气、健康活泼的快乐成

▲ 9个康巴汉子重染国旗红　▼ 传承红旗精神　摄影 / 旦增格桑

▲ 小朋友们到村史馆开展爱国主义教育　摄影/旦增格桑

长；是创造价值、回报社会的责任担当；是自力更生、追求幸福的美好希望；是再攀高峰、无限风光的梦和远方。在这种精神指引下，列达村群众用自己的双手浇灌出了幸福之花。

这样的列达，只是左贡的缩影。现在的左贡，党的光辉普照大地，民族团结之花长盛常开，经济社会实现高质量发展，生态文明建设取得长足进步，在实践中深度概括和总结出"党建统县、稳定安县、生态立县、产业兴县、人才昌县、富民强县"的县域发展思路，人民的获得感、幸福感、安全感更加充实、更有保障、更可持续！

转瞬已跨六十载，春风吹度润高原。一甲子的时间凝聚的是国之大者的家国情怀，迸发的是恢弘磅礴的奋进力量。60年过去了，列达村9个康巴汉子缝制"十字绣"的针线包，已经传到了我们这一代。

▲ 左贡县城　摄影/旦增格桑

进入新时代，包括列达村在内的5万左贡人，将会更加紧密地团结在以习近平同志为核心的党中央周围，以公仆之身为生态"营养液"勤耕"初心田"，以仁爱之心为干群"鱼水情"精耕"服务田"，以筑梦征程为发展"催化剂"深耕"责任田"，以气贯长虹之力，攀百年征程之巅，共同建设美丽幸福西藏，共圆伟大复兴梦想！

扫码观看《九个康巴汉子的"十字绣"》视频

[芒康县]

甜蜜串起来的红色事业

宁静致远,大美芒康。千年盐田旖旎风光,流淌在澜沧江畔;茶马古道历史悠远,见证着盛世文明。纳西民族乡位于"西藏解放第一县·芒康"南部,坐落于藏、滇两省交界处,肥沃的土地和干热河谷气候为葡萄的种植和红酒的酿制提供了天然的环境,也给这里的人民带来了自然的丰厚馈赠。作为西藏唯一的纳西族聚集地,各族人民在此安居乐业,家家户户都在从事着一项"甜蜜的红色事业"。

在党和政府的关怀与支持下,这片土地上走出了以藏东珍宝酒业为代表的一批红酒酿造企业,并很快成为了西藏的另一张"红色名片"。2009年,创始人洛松次仁将雪山与葡萄结合起来,以孕育产区葡萄的雪水之源达美拥雪山命名,创立了藏东珍宝酒业。公司成立不久,一道难题便摆在洛松次仁面前。虽然纳西民族乡有着得天独厚的葡萄种植优势,但由于之前的红酒酿制几乎都是以家庭小作坊为主,根本没有足够的葡萄原料去满足企业现代化规模化精细化生产。

2012年,在县委、县政府关于农牧民群众增收致富政策的促进和支持下,纳西民族乡、曲孜卡乡、木许乡利用自然环境的优势试点种植优质葡萄品种200余亩,解决了藏东珍宝酒业的燃眉之急。有了充足优质的产量支撑,藏东珍宝酒业开始将目光投入新产品的研发生产上。通过不断对甜型葡萄品种的改良优化,研发出的新产品玫瑰蜜,甜度均高于其他葡萄品种,收获了业内外广泛好评。"这些年,公司已研发出水晶橙酒、干红和干白等达美拥系列十余种精品。""'达美拥玫瑰葡萄酒'

▲ 自治区党的二十大代表在人民大会堂前的合照（左二为曲措） 摄影 / 旦增西旦

▲ 曲措在葡萄园检查葡萄生长情况 摄影 / 尼玛次仁

▲ 芒康县千年盐田　摄影 / 叶聪　▼ 芒康县全景　摄影 / 陈海涛

更是拿到了'亚洲葡萄酒质量大赛''Decanter世界葡萄酒大赛'等多个国际知名赛事奖项。"公司总经理曲措介绍说。

2018年，在县委组织部对非公企业基层党组织标准化建设的精心指导下，公司成立了党支部，曲措担任党支部书记。党支部成立以来，曲措带领支部成员通过"支部+企业+协会+基地+农户"的模式，把党建工作融入生产经营中去，带动当地群众种植葡萄，实现群众致富增收，以党建引领企业实现了高质量发展。截至目前，芒康县葡萄种植规模已达万余亩，户均增收超过8000余元，公司更是取得了年产葡萄酒560余吨，年销售额突破2200余万元的好成绩。

起于微末，发于华枝。经过近14年的不懈奋斗，藏东珍宝酒业已然从一个名不见经传的小作坊，发展成为全区扶贫龙头企业，曲措更是当选为党的二十大代表，在芒康的发展史、组织史、党建史上留下了浓墨重彩的一笔。"公司从无到有、从有到优、从优到精，离不开党的一系列好政策的鼓励与支持。能够作为党的二十大代表出席二十大盛会，更是我作为一名中国共产党党员的无上光荣。"曲措说。

党旗正红，酒香愈浓。藏东珍宝酒业的发展是西藏经济社会发展的一个缩影，也是芒康经济社会进步的生动写照。芒康县将坚持以党的二十大精神为指引，秉持政治统领、党建先行、实业兴芒的工作脉络，始终将抓党建促乡村振兴作为"两新"组织高质量发展的有力"法宝"，进一步铸牢中华民族共同体意识，带领全县各族人民奋进新征程、建功新时代。

扫码观看《甜蜜串起来的红色事业》视频

GAO YUAN MING ZHU

高原明珠
羌塘那曲

如果有人问,在平均海拔4500米以上的地方,您能看见什么?看见星河璀璨,看见诗和远方,看见一座年轻的城市向上生长,还能看见,滚烫炙热、纯粹赤诚的"那"力量!

QIANG TANG NA QU

看见"那"力量		共产党员的"72变"
从挥鞭的放牛娃到掌舵的董事长		民族团结幸福树
党性光辉耀羌塘		藏羚羊迁徙之旅 人与自然和谐共生
一根"草"的"致富经"		生态文明守护者
跑腿书记跑出来的"连心路"		援藏践初心 使命铸辉煌
班戈忆		海拔5000米的"产房"

▲ 色尼区桑丹康桑雪山　摄影 / 卢彦如

[那曲市]
看见"那"力量

———————

西藏那曲,平均海拔4500米以上,是全国海拔最高的地级市;总面积43万平方千米,是全国陆地国土面积最大的地级市;空气含氧量仅为海平面的48%,年平均气温0.6摄氏度,是全区自然环境最恶劣的市。

尽管那曲高寒缺氧、冻土坚厚、寒风凛冽、空气含氧量不足海平面一半,但是广大党员干部始终传承"老西藏精神",弘扬"两路"精神,在祖国平均海拔最高的地方,无怨无悔地为那曲长治久安和高质量发展贡献力量。

如果有人问,在平均海拔4500米以上的地方,您能看见什么?看见星河璀璨,看见诗和远方,看见一座年轻的城市向上生长;还能看见,滚烫炙热、纯粹赤诚的"那"力量!

俗语说"天下虫草出西藏,西藏虫草数那曲",那曲是世界公认的特优级冬虫夏草产地。每到虫草采挖季节,500多个临时党支部就像500多个服务站,紧跟虫草采挖群众的路线,从一座山翻过另一座山,"零距离"为群众提供服务保障。广大党员干部充分发挥先锋模范作用,争当在寒风中执勤的"守护员",为群众采购物资的"跑腿员",细心照顾生病群众的"卫生员",贴心照看群众小孩的"保育员",用心搭建起了一座党群干群关系"连心桥",让群众在高山之巅、繁忙之时,深切感受到如家般的温暖。

▲ 安多交警在海拔5400米的唐古拉山段除雪保通　安多县组织部提供

可可西里是中国最大的无人区，有"生命的禁区"之称。但这里是野生动物的天堂，生活着藏羚羊、野牦牛、藏野驴等230多种特有野生动物，它们在这里快乐地生活、自由地奔跑。这里的美好，离不开一群以生命守护生命的野保员的无私奉献。冬天下雪路滑、夏天涨水路淹，野保员在巡护的路上，各种突发状况、潜在危险难测，一不小心就会掉进零下40多度的冰窖里，但他们没有一个人退缩，他们用坚韧和勇敢，筑牢雪域高原最坚实的生态安全屏障！

109国道唐古拉山段，是承担80%进藏物资的陆路通道，海拔5200余米，年均气温零下1度，最低气温可达零下40多度，每年8级大风天气超120天，冰雹、降雪、大风天气四季可见。一旦出现路面积雪结冰、车辆燃油冻结等情况，极易引发车辆大面积拥堵。人员长期滞留则会出现严重高原反应，从而引发肺水肿、脑水肿等疾病，甚至危及生命。为了除雪保通，安多县交警大队民警，在海拔5231米的唐古拉山安营扎寨，他们顶风冒雪、枕戈待旦，为南来北往的各族群众送去温暖。他们曾连续奋战近两个月，没换过衣服、没洗过脸，日平均睡眠不足5小时，全力为青藏公路大动脉的畅通保驾护航！

在可可西里西南边的草原深处，为克服见面难、沟通难、宣传难、保障难的实际，132名牧民党员组成"对讲机服务站"，打通服务群众的"最后一公里"；在海拔5400米冰川脚

下,党员环保志愿队日复一日守护长江源的洁净,他们践行"绿水青山就是金山银山"的理念,像保护自己的眼睛一样呵护长江源环境。就是这样一群在"那"奋斗的可敬可爱的人,就是这样一种被信念支撑的力量,在冰川脚下,在草原深处,在祖国和人民需要的地方,哪怕山高路陡,何惧险滩激流,心中热爱的红,从来耀眼绚烂!因为,人民所向往的美好,就是我们为之奋斗的理想;因为,一个人孤灯夜行,一群人,就能点亮万家灯火。

十年来,200多名干部职工永远地倒在了工作岗位上,但来自五湖四海的各族儿女,依然步履不停,坚毅前行,"战"在祖国最高处!

▲ 那曲市全景　那曲市文联提供

新时代新征程新使命,全市干部职工将认真学习贯彻落实党的二十大精神,坚守初心、牢记使命、踔厉奋发,续写红色荣耀。

扫码观看《看见"那"力量》视频

[色尼区]
从挥鞭的放牛娃到掌舵的董事长

▲ 送奶大王集体合影　摄影 / 洛桑朗杰

▲ 草原上的摩托车"送奶大军"　摄影／邓叶锋

◀◀◀

个人的前途命运始终与国家民族的前途命运紧密相连。西藏和平解放72年来，西藏各族人民"短短几十年"就上演了"跨越上千年"的人间奇迹，走上了团结、进步、发展、繁荣的康庄大道，雪域高原处处飘荡着翻身农奴及其后代的幸福歌声。

嘎桑加才是一位自觉将个人前途命运与国家前途命运紧密相连的典型人物，他在党和国家正确方针政策的指引下，积极投身于藏北牧业转型发展和脱贫攻坚的生动实践，实现了从"挥鞭放牛娃"到"掌舵董事长"的华丽转身，成为了一名"党的光辉照边疆、边疆人民心向党"的衷心拥护者和生动实践者。

2017年，嘎桑加才大学毕业后就从繁华的城市回到了草原，他怀抱着"为家乡脱贫攻坚做点事"的初心，义无反顾地选择到刚起步的嘎尔德生态畜牧业发展公司就业。

随着工作的深入，嘎桑加才从区委、区政府提出的关于嘎尔德生态畜牧业发展公司"八位一体"功能定位和"一十百千万"运营模式中，深刻感受到了党始终坚持以人民为中心的发展思想，进一步坚定了"为嘎尔德发展献力、为脱贫攻坚添彩"的工作目标。在党组织的关心和培养下，嘎桑加才不断锤炼党性修养、刻苦钻研学习，很快就从嘎尔德生态畜牧业发展公司招录的第一批本土应届大学生中脱颖而出，成为重点培养对象。

▲ 党员监督岗发挥作用　摄影/洛桑朗杰　　▼ 嘎尔德与未就业大学生签订就业协议　摄影/邓叶锋

善于学习的嘎桑加才，在不断的学习反思中，进一步明确了公司发展的方向和短板，找到了将嘎尔德畜牧产业基地建设成家门口最美"云端牧场"的举措和思路。他的努力获得了领导和同事们的高度认可。经党支部推荐，他被任命为公司总经理，从此开始参与公司的管理和决策。他聚焦生产模式落后、品牌打造滞后、销售渠道受限等突出问题，按照区党委"党建引领助推扶贫企业发展"的整体部署，通过设置党员互助岗、党员先锋岗、党员服务岗、党员监督岗等，探索实施产业链党建共同体建设，实现了以共同体党建的新突破换来企业的高质量发展，换来惠及各族群众的新成绩。

截至脱贫攻坚战结束，在区党委、区政府的高度重视和大力支持下，在他日复一日的努力下，嘎尔德生态畜牧业发展公司稳定实现65名搬迁群众的稳定就业，直接将7100万总收入中的93%以现金形式兑现给牧民群众，间接带动3万余人不离乡不离土实现增收致富……

如今乡村振兴正在色尼大地上如火如荼地铺陈开来，嘎尔德生态畜牧业发展公司和嘎桑加才再一次踏上了新征程。每每看到草原大地上一次次出现的"送奶大军"，看到嘎尔德生态畜牧业发展公司增添的一条条新的生产线和一个个新产品，嘎桑加才就更加坚定了"在党的领导下，嘎尔德会越来越好，各族群众的生活也会越来越好"的信念。

扫码观看《从挥鞭的放牛娃到掌舵的董事长》视频

[安多县]

党性光辉耀羌塘

安多县，西藏北大门，地处唐古拉山脉南北两侧，平均海拔5200米以上，是全国最高海拔县之一。"天上无飞鸟，地上不长草，风吹石头跑，氧气吃不饱，天天穿棉袄"是安多县的真实写照。虽然恶劣的自然环境令无数人望而却步，但安多县建县六十多年来，一代又一代的革命者、建设者、奉献者们将"老西藏精神"的红色基因深深融入血脉、代代相传，他们在平凡的岗位上，擎起信仰的明灯，照耀党性熠熠生辉。

一生践行初心使命的"安多愚公"——扎西占堆同志

扎西占堆，男，藏族，1942年12月出生，1971年7月加入中国共产党，2021年12月去世，安多县人大常委会原副主任。

2022年1月，我们突然收到了一笔20万元的大额党费，这是一名50年党龄的老党员扎西占堆临终前的最后一笔党费。扎西占堆离休后，他以感党恩之心传播大爱，将毕生精力奉献给了家乡建设和安多事业；他几十年如一日地坚守共产党人的初心使命，用实际行动践行入党时的铮铮誓言。他常常告诉家人："这一生是党培养了我，祖国是家，党就是我的母亲，跟党走一辈子我无怨无悔。"他把"服务百姓、对党忠诚"当成了一辈子的信念追求，把自己完全地奉献给家乡和这里的人民，直到生命最后一刻，还不忘向家人嘱托："一定要把这笔党费亲手交给党组织，让我走得安心。"生前，他还捐款32万元帮助解决残障人士、生活困难人员的就业，助力武汉疫情防控工作。

▲ 那曲市安多县公安民辅警并进奋战在除雪保通一线　那曲市安多县委宣传部提供

▲ 安多县　摄影/熊川

▼ 安多县格拉丹东 摄影 / 熊川

▲ 安多县烈士陵园　摄影/汤洋

忠诚执着守初心无私奉献担使命——罗布色同志

罗布色，男，藏族，1947年4月出生，1968年12月加入中国共产党，中共安多县纪律检查委员会原书记。

"是党和国家培养了我，这一点我永远不会忘记。"这是罗布色发自内心的话。参工以来，罗布色始终把党和人民的事业放在心中重要位置，甘于清贫、先人后己。

2015年2月，罗布色将多年积攒的40万元积蓄捐献给安多教育事业，用于建设安多县第二完全小学。他把最美好的年华投入到了安多的发展事业中，退休后仍然心牵安多、心系群众，始终以旺盛的革命热情践行"共产党员永不离休"的朴实承诺。

以青春书写奉献之歌，用生命铸就忠诚警魂——曲松同志

曲松，男，藏族，1995年10月出生，2017年4月参加公安工作，生前系安多县公安局交警大队秩序中队辅警。

▲ 安多县城全貌　摄影/汤洋

从警两年，曲松奔赴109国道唐古拉山段参与除雪保通工作达百余次，他凭着自己对立警为公、执法为民的深刻理解，对工作的满腔热爱，把全部精力投入到了工作中，和战友们一起用生命守护生命、用青春捍卫忠诚，在不平凡的岗位上用血肉身躯，为过往的人民群众、司乘人员铺就了一条平安大道。

2019年6月5日，曲松在国道109线巡逻途中发生交通事故，在转院抢救途中不幸逝世，年仅23岁。他生前先后被自治区公安厅评为"全区公安机关70周年大庆安保维稳工作成绩突出个人"、被自治区人民政府评为"2019年西藏自治区民族团结进步模范个人"，逝世后，被那曲市公安局追授三等功。

日月交替，星辰浮沉。在安多还有4696名中国共产党党员，用实际行动践行"不忘初心、牢记使命"的时代要求，用信念书写中国共产党人的职责使命，让党性光辉在藏北草原熠熠生辉。

扫码观看《党性光辉耀羌塘》视频

[巴青县]

一根"草"的"致富经"

古象雄文明故地巴青，藏语意为"大牛毛帐篷"，平均海拔4000米以上，高寒缺氧的高原环境造就了它独具特色的自然风光。

"中国虫草看那曲，那曲虫草数巴青"，在巴青县境内的高山草甸上生长着一种虫菌结合体——冬虫夏草，它是价值堪比黄金的"草"，具有很高的药用价值，是一种名贵中药材。

六月的巴青风景秀丽，景色怡人，高山峡谷间流淌出涓涓细流，江绵乡满雄沟内牧民群众脸上洋溢着丰收和喜悦之情，他们在有序地采挖虫草。

满雄沟虫草资源丰富，群众都会到这里来采挖虫草。采挖虫草并非易事，有时趴在山坡上找寻好几个小时，都难以看见一根虫草；有时虫草就在面前，却完美错过，很有一种"众里寻他千百度，蓦然回首，那人却在，灯火阑珊处"的意味。

当清晨的第一缕阳光洒向满雄沟时，拉西镇顿次卡村的扎西顿珠就已经带着家人采挖虫草了。一家人需在山上住一个月之久，不仅要忍受高寒缺氧带来的不适，还要防止野生动物、雷电等自然灾害的威胁。

为了让牧民群众能安心采挖虫草，每到虫草采挖季，党员志愿服务队和公安干警便跟随牧民群众上山，跋山涉水，不畏艰险，帮助牧民群众搭建帐篷、购买物资、宣传防雷电知识等等，尽心尽力为他们提供安全服务保障，用行动诠释人民公仆的良好形象。

▲ 雪域高原上执勤的巴青县公安民警　摄影 / 赤列塔青

▲ 巴青县约雄冰川　摄影 / 王昱翰

▲ 蓝天白云下的绿色草场，冬虫夏草最理想的生长之地　摄影 / 赤列塔青

巴青虫草，雅魅天下。近年来，在党和政府的高度重视和大力支持下，巴青县深入实施乡村振兴战略，着力做大做强虫草市场，成立了巴青县奇珍公司，规模化经营虫草。通过线上线下相结合的宣传模式，成功举办"巴青雅魅虫草节"，打响打亮巴青虫草品牌，把巴青虫草推向海内外。

借着乡村振兴的东风，巴青虫草产业更是进入发展快车道，群众收入逐年提升。许多牧民群众转变了"等靠要"思想，勤恳劳作，努力奋斗，走上了致富路，一根小小的"草"成了群众增收致富的"金钥匙"。

2022年巴青牧民群众靠虫草收入近五亿元。巴青虫草品牌的打响让新时代的巴青发展更加蒸蒸日上，如今巴青绿色有机畜产品卖得更好了，群众的口袋更鼓了，群众脸上的笑容更加灿烂了。

如今，巴青虫草的故事还在继续演绎，广大党员干部就像"虫草"一样，扎根巴青、奉献巴青，不断为群众过上美好幸福的生活而不懈奋斗。

扫码观看《一根"草"的"致富经"》视频

[索县]

跑腿书记跑出来的"连心路"

  索县荣布镇同日达村里，总能看见一个匆忙的身影奔走在各家各户、田间地头、建筑工地和党群服务中心，他是微信运动中常年霸榜的人，是村党支部书记次成塔巴。因为他总是操心村里的大小事情，又乐意帮忙跑腿办事，走起路来总是风风火火的，所以，大家都叫他"跑腿书记"。

解决村子里的各类繁琐小事，就是"跑腿书记"次成塔巴每天的日常。他说："我是村党支部书记，一些事情在别人看来很小，不值一提，但在我看来，这个村子就这么大，村里的任何事情没有小事，能因解决这些'小事'获得大家的信任和认可，即使叫我'牛粪书记'也可以……"

村里有人传来消息说，"卓嘎家发生了家庭纠纷，两口子好像还打起来了。"次成塔巴听到消息后，还没来得及喝上一口刚端到嘴边的酥油茶，就匆匆出门了。俗话说"清官难断家务事"，但这家务事还真难不倒"跑腿书记"，只见他把两人分开，对他们进行单独谈话、耐心劝导，晓之以理、动之以情。在次成塔巴的耐心劝说调解下，刚刚还闹得不可开交的两口子很快就握手言和、喜笑颜开了。

"边巴骑摩托车摔伤了，人现在还躺在路上呢！"次成塔巴听到消息后，急忙放下手中的事，匆匆跑出去。只见边巴半躺在路边，不能动弹。次成塔巴见状，从容不迫，颇有副"泰山崩于前而面不改色"的大将之风。为避免骨折处理不当造成二次伤害，他首先询问边巴摔倒时的具体情况，然后联系村医，最后协调车辆护送伤员到医院医治。在他沉着冷静、有条不紊的安排处理下，边巴被及时送到了医院。

头刚落到枕头上,"跑腿书记"的电话又响了起来。"扎西家的牦牛丢了……""跑腿书记"挂断电话,提起手电筒便匆忙赶去……

"达娃的小孩发烧了。""跑腿书记"得知消息后立刻翻箱倒柜找药……

……

村民卓嘎开玩笑地说:"同日达村的路是'跑腿书记'跑出来的。"

确实,次成塔巴用他的腿,跑出了矛盾的化解,跑出了困难的解决,跑出了大家的信任,也跑出来一条和群众之间的"连心路"。

其实,像次成塔巴这样优秀的干部还有很多,他们平凡而伟大。他们坚守工作岗位、履职尽责,默默无闻地发挥着作用、贡献着力量。循着他们走过的路,我们既要仰望星空,也要脚踏实地,既要心怀"国之大者",也要办好"为民小事",在平凡岗位上书写不平凡的人生华章。

扫码观看《跑腿书记跑出来的"连心路"》视频

① 次成塔巴和村党员、群众在一起谈心交流　　　　　摄影/贺贤
② 乡村振兴专干教次成塔巴学习电脑办公　　　　　摄影/贺贤
③ 次成塔巴在人工种草基地现场查看牧草生长情况　摄影/多吉
④ 同日达村党员先锋队开展志愿服务活动后合影　　摄影/多吉

索县荣布镇穹雄沟布加雪山 索县融媒体中心提供

[班戈县]

班戈忆

———————

▲ 纳木错　摄影 / 王喜鹏

◀◀◀

班戈，藏语意为"吉祥保护神"，因境内的班戈措而得名。班戈县位于藏北高原那曲市的西北腹地，是那曲西部的重要交通枢纽，自然资源和矿产资源都十分丰富，境内有硼砂、水菱镁等十余种矿产资源，还有纳木措北岸圣象天门、齐多山洞穴岩画、娘热溶洞等旅游资源。

在班戈这个美丽的地方，有一位人民的好书记永远长眠于此，他就是论白同志。他1968年生于西藏那曲市比如县，1991年加入中国共产党，曾担任中共那曲地区班戈县委书记、县人大常委会主任，在班戈这片广阔无垠的羌塘草原，默默奉献了17年。

在牧民群众眼里，论白是一名好干部、好书记。自古忠孝不能两全。论白生前工作的那些年，心里时时处处都装着群众，却唯独没有他的家人，他除了给瘫痪20多年的母亲寄生活费以外，很少堂前尽孝，就连母亲想去拉萨看看布达拉宫的唯一心愿，也是在母亲弥留之际才得以满足。由于工作繁忙，陪家人的时间很少，有一次，当他回家时，一年多未见面的女儿开门后竟礼貌地问道："叔叔，你找谁？"论白瞬间怔住了，酸楚的泪水夺眶而出。

论白经常下乡，多次到牧民群众家中访贫问苦。由于他的心里经常牵挂着牧民群众、关心牧民群众、帮助牧民群众，因此，深受干部群众的拥护和爱戴，被当地牧民亲切地称为"贴心人"。

无论是干部还是干部职工家属，只要论白得知谁生病或者谁家里有困难，他都会前去看望。有时因工作繁忙未能及时看望的，他就委托县里其他领导前去看望。在班戈县干部群众的脑海中，永远能清晰回忆起论白无微不至关心他人的画面。

▲ 论白与中石化援藏干部一起在牧场调研　那曲市班戈县委组织部提供　▼ 仁措贡玛湖　摄影 / 杨康

2002年春节藏历新年前的一个周末,论白一大早就打电话给班戈县教育局局长桑珠,说要到马前乡去检查工作。桑珠犹豫了半天没有说话,因为他知道,论白书记昨天晚上还在医院输液到后半夜。论白猜出了桑珠的心思,安慰他说:"你放心,没有问题,我随身带着药呢!"当论白一行到马前乡走村入户检查工作时,在一户牧民家中看到一位多年患病在床的老人在不停地咳嗽,他便走到老人床前,详细地询问老人病情,并把自己随身带的咳嗽药全部送给了老人。

看到此情此景,桑珠的眼睛湿润了,心想:"论白书记自己的病还没有痊愈呢,他是带病坚持下乡检查工作的,更何况,他也需要这些药啊!"

春节、藏历年过后,一件从北京寄来的装着各种药的大包裹送到了论白办公室。那是论白托朋友寄来的药。论白打开包裹后,从中拿出一些,然后托人把这些药送到马前乡那位生病的老人手中。时至今日,说到论白书记,老人总是不由自主地红了眼眶。

论白担任班戈县委书记的三年里,依托牧业优势资源,结合区域经济结构,创新牧业产业经营模式,成功推行了以"草场承包到户"为主要内容的牧区改革,成为藏北牧业改革的一面旗帜。

班戈县平均海拔4800米以上,氧气稀薄,寒冷干燥,雪灾、风灾等自然灾害频发。2005年的8月21日,论白一行乘车赶往拉萨出差,不料汽车在横渡荣庆河时,因河水湍急,在帮助同事脱困时被卷入激流。噩耗传出,人们难以相信,年仅38岁的论白就这样走了。

在17年的工作中,论白履职尽责、埋头苦干、舍小家、顾大家、公正廉明、克己奉公。论白的先进事迹激励着一批又一批的党员干部扎根基层、奉献基层。

如今的班戈,在广大党员干部的不懈努力下,农牧区基础设施不断完善,产业发展稳步推进,民生福祉快速提升,生态环境持续向好。明天的班戈,在广大党员干部的继续努力下,将会更加美丽。

扫码观看《班戈忆》视频

▲ 班戈县全景　摄影 / 杨康

[比如县]

共产党员的"72变"

虫草之乡·娜秀比如，每年春夏之交，大自然的精灵冬虫夏草就会在这里的高山草甸上悄悄破土而出。冬虫夏草是一种虫菌结合体，也是一种名贵的中药材，其"身价"直接关系着全县8万余名群众一年的收入，被誉为高原"软黄金"。

每年5月中下旬，当地农牧民群众就在县委县政府的组织下，陆续上山采挖虫草。峡谷和高山草地间次第有序搭建起来的一顶顶白色帐篷，就犹如一朵朵盛开的洁白莲花。为了保障群众安全有序地采挖虫草，3000余名党员干部分赴全县74个虫草采集点，全覆盖成立125个帐篷临时党支部，秉持群众在哪，党组织服务就跟到哪的原则，"零距离""心贴心"地为牧民群众服务。

党员干部是牧民群众的知心人、贴心人、暖心人，他们的身份就犹如孙悟空一般，能应群众的需求而"72"变。

卷起袖子，扛上铁锹，他们是维修道路的保通员。虫草采集点平日人迹罕至，道路泥泞不堪，杂草丛生，难以正常通行。面对艰巨的保通压力，党员干部不分昼夜、不管晴雨、不论严寒，用不负青春的艰辛努力和心血汗水，时刻冲锋在保通一线，全力以赴保障虫草采集点群众的安全通行。

▲ 虫草采集点上的"超级奶爸"与"快递小哥"　比如县委组织部提供

戴上红袖标，拿起手电筒，他们是采集点上的巡逻护卫。他们随着群众采集虫草的脚步开展日常巡逻，他们戴着红袖章，穿着红马甲，拿着手电筒，穿梭在采集点附近各山间草地，坚持"群众到哪里巡逻就到哪里"，以保障群众安全采集虫草，受到了广大牧民群众一致好评。

穿上"红马甲"，骑上摩托车，他们是采集点上的"快递小哥"。由于采集点大多远离市集，群众采购物资不仅耗时长，影响采集效率，并且还有安全隐患。于是各采集点党支部统筹安排，逐户统计牧民群众所需物资，安排党员干部前往乡镇县城统一采购，然后逐户送到群众手中，做到不漏一户，不漏一人。

脱掉大衣，接过群众襁褓中的婴儿，他们是采集点上的"超级奶爸"。带婴儿的群众每天上山采虫草时，就会将孩子交给驻点党员干部。虽然这些"超级奶爸"们大多也不擅长照顾婴儿，往往被折腾得满头大汗，但他们不负群众对他们的信任，即使再苦再累，也不绝不让婴儿宝宝受委屈，让孩子父母担心。

▲ 党员深入帐篷支部倾听群众诉求　比如县委组织部提供

◀◀◀

虽然他们角色多变，职责不同，但他们都有一个共同的身份——中共党员。

共产党员变的是扮演的角色，不变的是奉献自己、服务群众的精神和信念，他们始终与牧民群众心连心、手牵手，全力守护人民群众的"小确幸"，用心搭建起了一座党群"连心桥"。

扫码观看《共产党员的"72变"》视频

▲ 萨普冰川　比如县委组织部提供　▼ 比如县全景　比如县委组织部提供

[嘉黎县]

民族团结幸福树

在嘉黎这片土地上,有一棵"团结树",枝叶相连,风雨守望,一如跨越民族和地域的真情,籽籽同心,枝枝连理。

▲ 汉族小伙沈泽成与妻子美朵教小孩包饺子　嘉黎县委组织部提供

▲ 晚霞下的依嘎冰川　摄影 / 索朗

在海拔4300米的嘉黎县林堤乡，有一位汉族小伙沈泽成，他被雪域高原的圣洁所吸引，却因语言不通，无法适应当地的生活。朴实善良的藏族姑娘美朵主动给予他帮助，朝夕相处之下，沈泽成被美朵的真情深深打动，从此两人携手安居在嘉黎辽阔的高原牧场上。

沈泽成夫妇爱情的结晶拉吉嘎，见证着他们六年来的风雨相依，在藏汉文化的共同洗礼下，民族团结的种子在孩子心中生根发芽。爷爷低头问拉吉嘎，你妈妈是藏族，爸爸是汉族，那你是什么族？年仅6岁的拉吉嘎，奶声奶气地呢喃道，我是团结族……周围的人都笑出了泪花。

多少人，生于斯，长于斯，奉献于斯。嘉旺巴山下8村党员活动室的油灯，照亮了李芬玉同志每一个驻村的夜晚。农忙时，她和村里的牧民群众一起劳作；闲暇时，她主动走村入户，与村里的老人拉家常。讲原则、办实事的她与牧民群众结下了深厚的情谊。讲奉献、重坚守的她不懈传递着民族团结精神。2012年3月24日，李芬玉同志刚从忠玉乡忠玉村驻村回来，准备提交常委会议案，为了不耽误工作，她在3月24日下午病情严重时仍坚持留县治疗，于3月25日凌晨在被送往

▲ 嘉黎县依嘎冰川　摄影 / 索朗

拉萨途中不幸离世。3月28日，牧民群众自发来到嘉旺巴山脚下，为曾经与他们一起劳动，一起学习，为他们出思路、聊家常、办实事、解难题、谋发展的李芬玉同志送行，为她点燃酥油灯，祝愿她一路走好。灯火闪耀间，她用生命为藏汉群众，谱写了一曲动人的金色挽歌。

民族共融，守望相助的故事，也同样在嘉黎县尼屋乡恰玉村贾永明和琼国夫妇身上延续着。贾永明是四川绵阳人，在嘉黎县尼屋乡生活了27个年头，在了解当地习俗后，他很快与恰玉村村民融入到一起，成为村里的一份子。拥有一身技术的贾永明为当地带来了很多新技术，他劈石头盖房的绝活在当时村里也掀起了一阵热潮。此时，他正帮助七村村民旦增白玛家嫁接苹果树，70多岁的他在这里扮演着村医等各种角色，为自己的老年生活增添新的色彩。

二十多年来贾永明和妻子彼此相依为命，当得知爱人患有癫痫病时，他四处奔波、不离不弃。经过长期的药物治疗和他细心的照顾，他妻子的病情得到控制。他们夫妻俩用平凡的生活诠释着民族团结精神，描绘了嘉黎县民族团结一家亲的美丽画卷。

茶马古道镌刻着民族融合的印记。马蹄欢快，跃动着新时代藏汉和谐共荣的最美音符。这样的故事，在嘉黎，每天都在上演。一棵树，一棵树，一棵树，相依着，笃信着，守望着，一天一天，长成民族大团结的样子。

扫码观看《民族团结幸福树》视频

▼ 汉族小伙沈泽成与小孩拉吉嘎在自家牧场玩耍　嘉黎县组织部提供　▲ 嘉黎县全景　摄影 / 索朗

[尼玛县]

藏羚羊迁徙之旅
人与自然和谐共生

羌塘自然保护区,藏语意为"北方旷野",位于双湖和尼玛县荣玛乡以北。这里地处世界屋脊,平均海拔5000多米,诗与远方,此处相逢,别样羌塘,魅力无限;这里高原广阔,湖泊无数,物种丰富;这里是世界净土,动物乐园,草丰水美,羚羊成群。来这里,可以观达则措看鸟飞鱼潜,游当惹雍措听美丽神话,临达果雪山赏神山圣湖,研加林山岩画看原始变迁,俯"天空之树"叹大自然鬼斧神工,游文布乡观田野湖泊……

来尼玛县,身临"天似穹庐,笼盖四野。天苍苍,野茫茫。风吹草低见牛羊"的美景,跨越古象雄文明,加入藏羚羊迁徙之旅,你能深切体会到人与自然的和谐共生。

1993年,为保护羌塘高原特有的高原荒漠草原生态系统和分布其中的野生动物,经西藏自治区人民政府批准,建立了羌塘自治区级自然保护区,2000年经国务院批准晋升为国家级自然保护区。位于羌塘保护区腹地的尼玛县罗布玉杰管护站管辖区域的纳如塘一带就是藏羚羊集中产仔区域,每年的五六月份藏羚羊成群结队地来到这里产仔。这些活跃在中国青藏高原上的精灵,因为有着同罗布玉杰英雄一样的尼玛人民守护,它们在这广袤的土地上快乐地生活、自由地奔跑。

▲ 藏羚羊　摄影／达瓦多吉

▲ 晚霞辉映着当惹雍错和达果雪山　摄影 / 达瓦多吉

格桑花开——组工干部讲故事

▲ 黑颈鹤　**摄影 / 达瓦多吉**

罗布玉杰同志生前是尼玛县森林公安局的民警，2002年6月1日，为保护野生动物，他在与偷猎分子激战中永远长眠在这片他曾用生命守护的羌塘草原上。罗布玉杰生前常说："我们是人民警察，我们穿上这身警服，就是要为党和人民献出一切。要是怕苦、怕累、怕威胁和困难，就对不起头顶上庄严的国徽，就不要当森林警察。"字字铿锵的话语如今犹在耳畔回响。正是因为有前人的勇往直前，我们后人更应守住这片美丽的羌塘大草原，守住这人与自然和谐共处的幸福乐园。

近年来，尼玛县始终牢固树立"绿水青山就是金山银山、冰天雪地也是金山银山"的发展理念，积极服务和融入区党委、市委生态文明高地建设，以资源保护为重点，采取有效管理措施，每年对无人区开展不定期巡逻，对保护区基础设施进行检查维修，经常性走村入户宣讲《野生动物保护法》，严厉打击非法捕杀野生动物行为；坚持生态优先，多措并举，稳步推进保护生态工作，实行退牧还草，建立高原生态屏障体系、管护站等一系列措施，绘制出了一幅人与自然和谐共生的美丽画卷。

扫码观看《藏羚羊迁徙之旅　人与自然和谐共生》视频

▲ 羌塘草原 摄影/达瓦多吉 ▼ 舐犊情深 摄影/达瓦多吉

[聂荣县]

生态文明守护者

那曲市聂荣县地处藏北南羌塘高原太湖盆区,地势西北高东南低,境内山峦起伏,沟壑纵横。在这片美丽的土地上,炊烟袅袅、牛羊成群、牧民笑靥如花,处处呈现出一片和谐温馨景象。

近年来,聂荣县在习近平生态文明思想的指引下,努力构建以草原、湿地、水生态等为主体的生态效益补偿网络,建立健全生态效益补偿长效机制,广泛组织干部群众参与生态文明建设和生态环境保护,让更多的牧民群众吃上了"生态饭"、走上了致富路。

2016年,聂荣县将原有的嘎确牧场转型升级,成立西藏聂荣县嘎确生态畜牧业发展有限责任公司,将生态文明建设深度融入到产业发展中去。创新推行"联村共建、整乡推进"模式,组建联村集体经济组织,变"单打独斗"为"抱团取暖"。在中央财政资金的大力扶持下,成功打造"聂"品牌,开发了聂荣拉拉、查吾拉牦牛等6个国家地理标志产品,把村集体资源资产资金变成了群众看得见、摸得着的"钱袋子"。"4700查吾拉牦牛"特色产品借助国家能源集团平台走进北京,"聂"品牌系列畜产品在慧采商城成功上线,在很大程度上促进了群众增收、村集体增益,让广大牧民群众切身感受到了坚持生态文明建设所带来的生态福利、产业链增值的实惠。

▲ 聂荣县全景　聂荣县委组织部提供

卓玛是聂荣县下曲乡一位普通村民，西藏聂荣县嘎确生态畜牧业发展有限责任公司成立后，在外多年打拼的她怀着激动的心情回到了家乡，在公司顺利地找到了一份满意的工作，实现了在家门口就业的梦想。聊起卓玛现在的生活，她就乐得合不拢嘴。卓玛前些年在外地打工，工资低，收入不稳定，自从回到乡里的公司上班后，工资提高了，收入也稳定了，幸福指数也越来越高了。"以前在外面打工，很少回家，小孩都跟我不太亲近，自从我在家乡这边有了工作，陪小孩的时间越来越多，现在跟我很亲近，她学习很好，我很开心。"卓玛越说越激动，眼里闪烁着幸福的泪花。

▲ 聂荣县海拔4800米上生长的高原绿色蔬菜　摄影/扎西平措

▲ "两山"志愿者开展爱国卫生活动　摄影/扎西平措

卓玛的爱人身材高大，皮肤粗糙，是典型的藏族汉子，也是当地"绿水青山就是金山银山"的"两山"志愿者。生态的红利让越来越多的牧民群众增强了生态环境保护意识，他们如卓玛爱人一样积极投身到"两山"志愿服务活动中。下雨时抢修道路，晴天时捡拾垃圾，闲暇时参加生态环保公益活动，长年乐此不疲地奔波在守护生态文明的路上，奋斗在生态文明保护的最前沿，为保护好当地生态环境默默贡献力量。

长期以来，聂荣县立足生态禀赋、顺应自然本色，持续在产业生态化和生态产业化上下功夫，不断做强做大有机畜产品生产销售、生态旅游等产业，山水资源已逐渐成为经济发展的"聚宝盆"、群众增收致富的"钱袋子"。

今后，聂荣县将持之以恒地贯彻落实习近平生态文明思想，发展绿色生态产业，不断让牧民群众在吃"生态饭"中提升幸福感和满足感。

扫码观看《生态文明守护者》视频

▲ 聂荣县白雄乡雪山草原　聂荣县委宣传部提供

[申扎县]

援藏践初心 使命铸辉煌

申扎县是一个纯牧业县，以饲养牦牛、绵羊、山羊为主，空气含氧量不足海平面的一半。千百年来独特的自然、人文赋予了申扎县藏北羌塘的磅礴魅力，在这片神秘悠远的草原上，自然奇观星罗密布。在申扎县境内，有千姿百态的中国第二大咸水湖色林措，也有万年历史的尼阿底旧石器。多彩的民族风情，古今相映、灿烂辉煌，让人流连忘返。

"风吹石头跑、氧气吸不饱、四季穿棉袄"是申扎县自然环境的真实写照。党的十八大以来，申扎县城乡发展取得了喜人成绩，这离不开中信集团的无私援建，更离不开以习近平同志为核心的党中央的亲切关怀。近十年来，中信集团援藏项目共投入资金3亿余元，用于小康示范村、藏医院、村级组织活动场所、幼儿园、牧居车、风力发电等项目实施，为申扎县卫生、教育、民生事业和经济发展提供了大力支持。

2002年以来，一批批中信援藏干部积极响应国家对口援藏的号召，远赴万里之外的申扎工作、生活，为推动申扎经济高质量发展贡献力量。二十年来，一代又一代中信援藏干部以实际行动践行"做光荣中信人，做优秀援藏干部"的誓言，在他们无私的援助下，申扎县经济社会发展取得了沧桑巨变。

已故的申扎县委常委、常务副县长王军强同志是中信援藏干部中的一员，他从

▲ 中信集团援助牧居车项目　摄影 / 平措顿旦　▼ 申扎县面貌一览　摄影 / 平措顿旦

申扎县纯牧业县实际出发,推广申扎县牦牛肉产品,建立贫困户牦牛收购补贴专项基金,为牧民群众累计创收上千万元;为申扎县22所幼儿园捐赠幼教书籍3000余册,为孩子们建起了一个个迷你图书馆。

王军强曾说:"只有深入调研,才能为发展找到症结、开好良方。"他生前多次深入申扎县各乡镇、村居走访调研,牵头编撰了《申扎县发展瓶颈与建议》《创新援藏扶贫思路和措施》《那曲招商中如何进一步发挥金融机构作用》等调研材料与工作方案,如今正逐步成形。

在一次下乡调研途中,王军强的肩膀不慎受伤,被诊断为肩袖受损,但因工作需要,手术的疗程还未结束他就匆忙奔赴工作岗位。虽然援藏时间临近结束,但他奔波的步伐从未停止,直到生命的最后一刻,他仍在下乡的路上……

像王军强这样的优秀中信援藏干部还有很多很多，他们心系群众、鞠躬尽瘁，他们扎根高原、献身边疆，用实际行动谱写了新时代中信奋斗者的生命赞歌，展现了新时代共产党员的初心使命和精神魅力。

扫码观看《援藏践初心 使命铸辉煌》视频

▼ 申扎县全景　摄影 / 扎西平措

[双湖县]

海拔5000米的"产房"

双湖县位于藏北高原西北部，是国家级羌塘自然保护区的核心区，平均海拔4800米，空气含氧量只有海平面的40%，每年有10个月的漫长冬季，最低气温零下40摄氏度，被称为"人类生理极限试验场"，99%的生活必需品都靠外来输送。

▲ 双湖冰川全貌　双湖县政协提供

▲ 双湖县蔬菜种植基地　摄影 / 刘泫毅

几年前，干部群众的餐桌上出现最多的是牛羊肉，因为这里不仅种不出蔬菜，而且运送物资困难。长期的蔬菜供应不足，导致牧民群众饮食结构单一，营养难以均衡。

为解决牧民群众吃菜难的问题，以康子东为首的两名党员干部主动请缨，走进天地，扎根温室，带领牧民群众种植大棚蔬菜。没有条件，他们就创造条件，用牛羊粪、农家肥改良土壤；没有自来水，他们就挖渠引水，用桶挑水。

虽然温室里气温高达35摄氏度，发酵的牛羊粪酸臭难闻，虽然温室温度控制、菜苗栽培管理、蔬菜授粉等问题的研究都犹如闯关一般艰难，但康子东和他的同事毫不退缩，依然坚持在高寒地区进行大棚蔬菜种植的艰辛探索。

经过一次次失败，一次次坚守，在海拔5000米的"产房"里，终于孕育出了双湖人自己种的蔬菜，实现了高海拔地区种植蔬菜的梦想，把不可能变成了可能。

◀◀◀

随着种植经验的积累，局部环境的改善，云端双湖自己的菜园子里种植了四季豆、南瓜、小白菜、上海青等20多种蔬菜品种，蔬菜年产量5吨左右，三年收益近20万元，带动了困难户56人实现增收。

在高原上工作，最稀缺的是氧气，最宝贵的是精神。虽然双湖县气候条件恶劣，但双湖党员干部不畏高寒，矢志奋斗，用实际行动践行为民服务宗旨，不断用自己的"辛苦指数"换取牧民群众的"幸福指数"。

如今牧民群众餐桌上再也不是老三样了，他们不仅吃上了新鲜蔬菜和瓜果，还增收致富了，脸上时常挂满了笑容，听党话、感党恩、跟党走的信心和决心更强了。

普若岗日雄浑壮阔，西亚尔巍峨挺立。这里是野牦牛、藏羚羊肆意驰骋的家园，我们在适应环境、改善生活的路上从未止步。50年前，18勇士带领牧民披荆斩棘，毅然北迁，现如今，双湖1.3万群众迎来了改变命运的第二次大迁徙。从羌塘草原到雅砻河谷，日子一定会越过越好，生活一定会越来越幸福。

扫码观看《海拔5000米的"产房"》视频

▲ "产房"蔬菜喜获丰收 双湖县委组织部提供

ZANG XI MI JING

▲ 高俯下的扎日南木措 摄影 / 赵景波

TIAN SHANG A LI

藏西秘境
天上阿里

西藏阿里地处祖国西南边陲，与印度、尼泊尔接壤，平均海拔超过4500米，素有"藏西秘境 天上阿里"之称。这里不仅是世界屋脊的屋脊，更是传承红色精神的一片沃土。

| 来自天上阿里的三封"书信"
| 扎日南木措，比你想象中的更美
| 云上噶尔——民族融合的边陲重县
| 牧区改革排头兵——改则之变

| 为古道代"盐"
| "高原之舟"助力乡村振兴
| 天边守"湖"人
| 藏西秘境·壮美札达

[阿里地区]

来自天上阿里的三封"书信"

西藏阿里地处祖国西南边陲,与印度、尼泊尔接壤,平均海拔超过4500米,素有"藏西秘境 天上阿里"之称。这里不仅是世界屋脊的屋脊,更是传承红色精神的一片沃土。

来自天上阿里的三封"书信",为人们讲述了赓续红色血脉的感人故事。

"我的宝贝小美朵,还有半年你就是初中生了,阿妈想告诉你,在人生道路上,你会遇到很多困难,阿妈希望你不要轻易放弃……"

噶尔县扎西岗乡典角村村民尼吉,是身残志坚的巾帼能手,也是党的二十大代表。她在给女儿美朵的信中,写出了心声。

▲ 阿里地区红色第一村　阿里地委组织部提供

▲ 典脚村巡边队伍　摄影/次仁曲桑

▲ 主讲人讲述来自天上阿里的三封书信的故事　摄影/王绪杰

年轻母亲写给女儿的这封书信,又让人们想到了70多年前一位父亲留下的简短遗书,叮嘱儿子未来前行之路。

1951年5月28日中午,先遣连总指挥李狄三交代完最后的工作,执笔写下这封遗书,就永远地长眠雪山:"生死未卜信念犹存"。先遣连进藏行动中,共有63名官兵献出了宝贵的生命。

还有这样一位共产党员,他的书信让人落泪。

1994年阿里暴风雪,孔繁森到革吉县救灾。2月27日凌晨,他在农牧民帐篷里写下这样一封遗信:"万一我发生不幸,千万不能让我母亲和家属孩子知道,我在哪里发生不幸,就把我埋在哪里。"

"冰山愈冷情愈烈,耿耿忠心照雪山。"这是一名共产党员的铮铮誓言!

半个多世纪的历史长河里,阿里地区发生了日新月异的变化。

尼吉一家人生活的典角村,从昔日3户人家发展到现在的38户,典角村的四代房见证了时代发展。尼吉经常会带着女儿到村子里的老房子前看一看。

"家是最小国,国是千万家。"尼吉身残志坚,摆脱贫困后,继续加入固边兴边的队伍。她希望孩子们学有所成,回到阿里继续建设家乡,像格桑花一样扎根边疆。

共产党员的初心使命不变，红色基因，薪火相传。岁月更迭，与时俱进，唯一不变的是阿里人民永远守边固边兴边、爱国爱党的赤子之心。

三封跨越70多年的简短书信，记录了时代，讲述着变迁。仿佛中国边陲巨变的微缩影像。也正是这片土地上人们艰苦奋斗，守边固边兴边的真实写照。

党的光辉照边疆，边疆人民心向党！

阿里人争做神圣国土守护者，幸福家园建设者，续写着新时代阿里辉煌篇章。

扫码观看《来自天上阿里的三封"书信"》视频

▲ 纳木那尼峰　摄影 / 普布加措　▼ 阿里地区进藏先遣连纪念馆　阿里地委组织部提供

格桑花开——组工干部讲故事

▲ 穿着"飞天服饰"的传承人　新华社提供

[噶尔县]

云上噶尔——民族融合的边陲重县

▲ 噶尔的民族美食　摄影 / 嘎玛罗布

▲ 各族干部共同宣誓　摄影/嘎玛罗布

◀◀◀

民族团结是社会主义经济发展的必要前提，是中华民族的光荣传统，是繁荣发展的重要保证。噶尔县作为阿里政治、经济、文化、社会的中心城市，被评为第九批全国民族团结进步示范县，具有相互尊重、相互学习、相互欣赏、相互帮助、相互包容的浓厚氛围。

在喜马拉雅山和冈底斯山脉之间的森格藏布及其支流噶尔藏布流域，藏着一座被高山沟谷围绕的小县城。斯地四季，千秋竞呈。春有鸥鹭戏水，夏有红柳似火，秋有天高云淡，冬有千山饮雪。这就是第九批全国民族团结进步示范县，西藏阿里政治、经济、文化的中心城市——噶尔县。走进噶尔，蓝天白云如洗，雪山旷野如画，民族风情如歌。在这块纯净的土地上，汉族、藏族、维吾尔族、蒙古族、回族等27个民族手足相亲，守望相助，共同开创稳定、发展、生态、强边的小康致富路，使噶尔这个民族融合的边陲重县更显生机勃勃。

民族团结犹如空气和阳光，受益而不觉，失之则难存。基于这一认识，多年来，噶尔县委、县政府坚持把民族团结进步创建工作与中心工作同部署、同安排，绵绵用力抓创建，久久为功促团结。在噶尔县委、县政府的坚强领导下，噶尔民族艺术相和、民族美食相承、民族通婚相融、民族权益相同、民族产业相扶，今天的噶尔有独具特色的语言文字、服装饰品、礼仪、音乐；有相承至今，品种丰富，风味独特的藏餐；有一个又一个相亲互

▲ 汉藏融合家庭向孩子教授国家通用语言文字　摄影 / 嘎玛罗布　▼ 噶尔县全景　摄影 / 旦增晋美

爱、血脉相融的民族团结感人故事；有以要素和设施建设为支撑，精准扶持的少数民族产业；各少数民族参与到国家事务的具体管理之中。如今的噶尔，积极建载体，鲜明树特色，民族团结元素随处可见，民族团结意识全面提升，固边兴边成果丰硕。"社会稳定、人心凝聚、经济发展、民生改善、文化繁荣"，这20个字是噶尔现在美好生活的生动写照。

风雨兼程创伟业，团结奋进谱华章。览今日之多彩噶尔，兴哉盛哉，狮泉河水润两岸，四海客商聚云端，万物欣欣纳和，人潮熙攘繁忙，族和风正而疆稳边固，干群并肩而民富县强。明日之噶尔，定能继往开来踏新路，和谐安康百业兴！

今后，噶尔县一定严格按照习近平总书记"中华民族一家亲，同心共筑中国梦。这是全体中华儿女的共同心愿，也是全国各族人民的共同目标。实现这个心愿和目标，离不开全国各族人民大团结的力量"的要求，全力做好民族团结工作，让民族团结之花盛放在藏西中心。

扫码观看《云上噶尔——民族融合的边陲重县》视频

▲ 扎西岗湿地　摄影/次仁曲桑

[措勤县]
扎日南木措,比你想象中的更美

———————

4700多米的海拔,藏北羌塘高原的腹心,美与苍凉臻于极致,伴随着久远的美丽传说,扎日南木措依旧幽深莫测、霞岗江雪山仍然浪漫迷人。

在这样极度荒凉又极度壮美的高海拔边疆民族地区,措勤县立足优势特色资源,加快构建高原特色、绿色安全、优质高效的产业体系,让产业振兴之路更加行稳致远,"高原之巅·雪绒湖城"在新时代焕发出了勃勃生机。

"一措再措"——这是近几年藏北中路的一条网红旅游路线,扎日南木措是途中不可或缺的一站,她像一颗落入凡尘的泪珠,镶嵌在藏西秘境之中,正如往昔传说的那样充满神秘和诱惑,让人为之神往。

措勤县积极打造环湖公路、修缮观景台及游客服务中心,不断完善基础服务设施,吸引着一批又一批的游客慕名而来,扎日南木措的"美名"更加声名远播,"绿水青山"正一步步变成"金山银山"。

措勤的紫绒山羊早在公元6世纪就有养殖历史。2017年,措勤县紫绒山羊原种场被农业部提格为国家级保种场。紫绒山羊毛为黑色,绒为紫色,毛较长、绒较密,具有细、轻、柔、软等优良特性,被加工业界誉为"软黄金""纤维宝石",其成衣制品深受消费者喜爱。

以"金紫绒"品牌为抓手,狠抓紫绒山羊养殖示范户建设,以"公司+合作

▲ 在紫绒山羊群中劳作的群众　摄影 / 洛桑达瓦

▲ 霞岗江天然饮用水生产线　摄影 / 洛桑达瓦

社+牧户"为发展模式,建设"特色牲畜养殖长廊",聚力打造以羊绒出售、羊毛加工、电子商务为一体化的产业链条,帮助牧民将手中的原材料兑换成了真金白银。

措勤县以产业发展助力乡村振兴,大力实施的霞岗江富锶好水、现代化产业园区、藏香加工生产等其他产业,不断释放出集体经济收益和群众致富的内生动力,伴随着设备更新、产业升级,一步步在规范化制造、规模化生产、电子化销售的道路上健康有序发展,正带领全县农牧民走向共同致富的道路,也必将带动措勤县经济社会走上健康全面可持续发展之路。

▲ 措勤县城全景　摄影/洛桑达瓦

站在新的起点上，全县1.8万名干部群众必将更加紧密地团结在以习近平同志为核心的党中央周围，聚焦"四件大事"，聚力"四个创建"，锐意进取、苦干实干，不断在产业振兴之路上阔步前进，书写新时代措勤发展的新篇章，以实际行动为党的二十大胜利召开续写辉煌。

扫码观看《扎日南木措，比你想象中的更美》视频

[改则县]

牧区改革排头兵——改则之变

▲ 改则县民间艺术团开展文艺演出活动　摄影 / 索朗仁青

◀◀◀

曾经的抢古村由于草场面积小，资源缺乏，是改则县有名的贫困村，2015年在改革先锋尼玛顿珠的带领下，抢古村开始了转变。

聊天中，牧民扎西接到了电话，神情喜悦，向旁边人大声说道："书记尼玛顿珠获奖了。"

2018年，尼玛顿珠荣获全国改革先锋荣誉称号。

改革先锋尼玛顿珠所在的抢古村，2015年以前，还是一片荒地，偶有几户群众放牧。自牧区改革开始，尼玛顿珠和村"两委"班子奋发进取，抢古村发生了翻天覆地的变化，畜牧产品冷藏库和展销大厅相继建成并运营。

尼玛顿珠书记组织召开政策讲解会。台下牧民怀揣忐忑的心，一双双迷惑的眼神，露出不相信的神情，有人挥手表示不解，有人摇头怀疑；会后，县乡村干部们上门入户做思想工作，牧民纷纷点头表示支持。村史馆荣誉墙展示会上，尼玛顿珠说："同志们，看看我们的兄弟们吧，这大冬天的家里衣食无忧的有几家？烤着火的有几家？生活滋润的又有几家？"

在尼玛顿珠和村"两委"班子的领导下，抢古村全体村民都加入到村集体合作社中。2021年，抢古村的村集体经济收入已突破735.95万元，群众人均收入17472元。2015年以来，在各级党委政府的大力支持和抢古村"两委"的辛勤付出下，牧区改革工作取得了实质性、高质量的发展。特别是2018年尼玛顿珠同志获得全国改革先锋荣誉称号，掀起了改则县全覆盖同提升共推广的改革新风，引领茶措村、古

▲ 抢古村分红现场　摄影 / 曹枝清　▼ 抢古村尼玛顿珠在牧区宣讲《习近平谈治国理政》　摄影 / 曹枝清

昌村等村（社区）牧区改革遍地开花。

村级集体经济合作社分红大会桌上堆放着一叠叠的现金，场下牧民群情激动。尼玛顿珠说："今天，我们召开合作社分红大会，感谢大家对村'两委'工作的支持和信任，下面我们开始分红。"

牧民卓玛说："牧区改革之前，我一家两口依靠农村低保和政策性补助过日子，喝的是清茶，偶尔在市场上买一点'金丽玛'（一种质量差的酥油）打茶喝。家里每年只有两三只过冬羊，大部分时间要靠亲戚接济。今年，我们光酥油就分到了50斤，过冬羊分了32只，分红现金拿到了4万多元。这是我们一家最幸福的时刻，感谢尼玛顿珠书记、感谢党的好政策。"

党旗映红富民路，改则人民笑开颜。我们将一如既往支持牧区改革，抓好组织引领，创新改革举措，为党的二十大胜利召开砥砺前行点亮改则之色、绘就改则之景、奏响改则之声。

扫码观看《牧区改革排头兵——改则之变》视频

▲ 改则县全景　摄影 / 索朗仁青

[革吉县]

为古道代"盐"

围绕贯彻落实党的二十大精神这一主线，聚焦服务"四件大事""四个确保"，锚定"四个创建""四个走在前列"，以"历史久""品种多""用途广""带富强"为主题，全面展现在各级党委政府的领导下，革吉县盐湖乡羌麦村依托盐湖资源，发展壮大村集体经济，带领群众勤劳致富、创造美好幸福生活。

/ 一是历史久，"盐"源流长 /

早在1000多年前的盐羊古道驻扎盐帮，就以羊驮牛背的方式边放牧边运输，这种习俗被收入第五批西藏自治区非物质文化遗产代表性项目名录。1950年，先遣连驻扎在扎麻芒堡时面临断粮缺盐，搽卡"盐帮"的牧民不顾禁令，把盐撒在先遣连驻地附近，成就了一段军民鱼水情的佳话。

/ 二是品类多，"盐"花缭乱 /

盐作为生活中不可或缺的物质，用途广泛，盐湖乡以市场为导向，结合古今工艺，形成了集采盐、储存、加工、包装、销售于一体的全产业链，并融入藏医药等传统文化元素，推出了热敷盐、足浴盐、浴盐、布袋盐等7种盐产品，增加了"盐"值。这些来自世界屋脊的健康产品，足以满足人们的精细化需求。

▲ 革吉县盐湖乡盐产品 摄影 / 贡觉次仁

/ 三是用途广，其"盐"也善 /

盐作为我们生产生活中不可或缺的物资，具有广泛的用途。当你饥肠辘辘时，可以烹饪调制可口的美味；当你劳累乏力时，可以泡脚沐浴放松疲惫的身心；当你腰酸背痛时，可以热敷理疗缓解身体的不适……还有布袋盐等各种产品，总有一款适合你，一份来自世界屋脊的健康"大礼包"等着你来体验。

/ 四是带富强，喜笑"盐"开 /

2005年至今，在各级党委、政府的关怀下，盐湖乡先后成立了以盐厂为主，宾馆、批发市场等为辅的多个经济实体，使村集体经济固定资产达到1000余万元，累计为群众分红200万元，带动100名农牧民群众实现就业。立足资源禀赋实现自力更生，盐湖人实现了"从无到有、从弱到强、从有到优"的飞跃发展。

▲ 革吉县盐湖乡群众在阿里地区推销盐产品　摄影 / 贡觉次仁

◀◀◀

古道先锋展风采，红色羌麦聚人心。如今盐羊古道上雄鹰自由展翅飞翔，各族人民幸福安康，各项事业蒸蒸日上。我们坚信，在以习近平同志为核心的党中央坚强领导下，在区党委、地委和县委的有力指导下，盐湖各族儿女必将真抓实干、勠力同心，在"创建高原经济高质量发展先行区"中争进位、促发展、提质效。

扫码观看《为古道代"盐"》视频

▲ 革吉全景　摄影/旦巴　▼ 革吉县盐湖乡羌麦村群众采用传统方式运输盐巴　摄影/贡觉次仁

[普兰县]

"高原之舟"助力乡村振兴
——普兰县牦牛运输队

国家4A级旅游景区冈仁波齐，中国最美十大名山之一。自然的垂青，让这里成为绝美的仙境；时代的浪潮，把这里化作奋进的疆场。

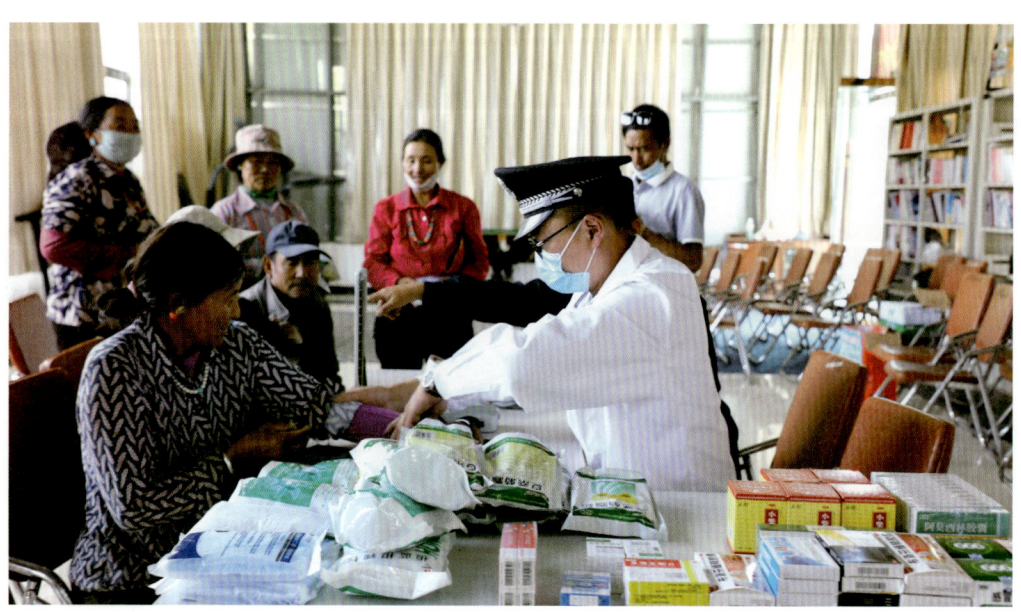

▲ 边检站医生为科迦村村民送医上门　普兰边检站提供

▲ 普兰县全景　普兰县委组织部提供

一匹匹牦牛驮起四海的宾朋，也驮起致富的向往；一张张面孔讲述着往日的故事，也传递着今日的幸福。这些牵着牦牛的乡亲，都来自同一个地方：阿里地区普兰县巴嘎乡岗莎村牦牛运输服务中心。

1981年，岗莎村牦牛运输服务中心由村民自发组织成立，起初服务中心只有几匹马和几头牦牛，仅能满足少量运输需求。普兰县委坚持党建引领乡村振兴，大力支持运输服务中心的发展壮大，广泛发动村民全面参与到运输服务中，为游客提供更加满意优质的旅游服务，以更加完善的服务链条打造精品文化旅游品牌。

在普兰县委的坚强引领下，在岗莎村村民的携手努力下，"骑牦牛 游冈仁波齐"成为了当地的网红名片。一支远近闻名、服务细致的牦牛运输队，不仅为岗莎村村民带来了可观的收益，还进一步打通了旅游线路，拉动了客流，促进了当地家庭旅馆、特色项目的发展。岗莎村牦牛

▲ 传达"格桑花开"视频相关材料　普兰县委组织部提供

▲ 带领游客欣赏冈仁波齐峰的优美风景　普兰县委组织部提供

运输服务中心现已拥有牦牛2384头，马1192匹，合作组织参与户数达到347户1192人，2017年以来累计创收5500万元。同时，村民开办家庭旅馆120家，累计创收100万元。如今岗莎村牦牛运输服务中心，已经成为了阿里地区普兰县的产业引擎、致富标杆。

在普兰县委"党建引领、融合发展、打造全域文旅、促进乡村振兴"的发展思路指引下，以岗莎村村民为代表的普兰人民，放下了"赶羊鞭"，吃上了"旅游饭"，走上了"致富路"。

"高原之舟"助力乡村振兴，全域携手共启崭新征程！未来，普兰旅游潜力巨大！我们相信，明天的生活会更加美好。

扫码观看《"高原之舟"助力乡村振兴——普兰县牦牛运输队》视频

[日土县]

天边守"湖"人

你听说过班公湖吗？她是祖国的西陲明珠，是静谧高原的候鸟天堂，是茫茫荒野中的无瑕翡翠，无言孕育了连绵不断的玛卡草原和花鸟鱼兽。在她的周边，有河清岸美渔雁成群郁郁葱葱的湖畔湿地，有经受战争劫难却还屹然矗立的城堡遗址，有历经风雨洗礼依然斑驳璀璨的日土岩画，和那藏在荒漠深处亘古万年的展琼冰川、冷峻圣洁雄壮柔美的嘉伟雪山，还有同严寒、烈日、风沙一道守护着班公湖的人们。

他们来自不同的城市，操着不同的口音，干着不同的工作，身着不同的服装，但心中都有一个共同的信念——边疆有我 山河无恙。为了这个信念，他们毅然走向离天最近的地方——雪域高原。他们远离亲人，远离故土，跋涉在朝曦轻洒的湖畔，奋斗在高原的云天之间，成为无怨无悔的边界守护人，成为当之无愧的天边守"湖"人。

他们吞下离别的泪，尘封思乡的愁，饱经高寒的苦，独守身心的孤独，舍小家顾大家地无悔付出，不辱使命地负重前行，把清澈的爱献给大好河山，用青春热血铸就了维稳戍边的钢铁长城。他们都是普通人，也想守在父母床前尽孝，想与妻儿相伴不分离，想和朋友欢聚于清闲时分，也想在草长莺飞的季节，穿最美的衣服，呼吸最新鲜的空气。可是为了那份刻在骨子里的坚守，多少

▲ 班公湖　日土县网信办提供

个日夜,他们无声吞下"丈夫非无泪,不洒离别间"的酸楚,尘封"一年将近夜,万里未归人"的乡愁,饱经"北风卷地百草折,藏天六月仍飞雪"的苦寒,保持"千磨万击还坚劲,任尔东南西北风"的坚韧,用清浅的语言文字许下庄严承诺。

他们中间,有的是名垂青史的英雄榜样——烈士陈祥榕在这里写下了"清澈的爱 只为中国",诉说着一名军人的家国情怀,写出了对伟大祖国最长情的告白;民警拉巴平措为帮助骑行游客打捞物品坠湖牺牲,把为人民服务镌刻在这片热土上……他们中间,更多的是在平凡岗位上默默奉献的无名英雄,岁月变迁,时代更迭,他们始终心存"虚怀千秋功过,笑傲严冬霜雪"的淡泊,始终甘于付出敬业乐业,在自己的工作中发光发热,他们忙碌的身影穿梭在各个岗位,足迹踏遍日土的每个角落,让党的政策声音传遍雪域高原,他们心甘情愿将时光赋予雪山和界碑,谱写了一首首平凡而闪亮的动人之歌,用坚守和奉献绘就了如今的日土——柏油路笔直、商业街熙攘、班公柳摇曳、绒山羊茁壮、笑脸随处洋溢、一片生机勃勃。亘古而来的传统在这片土地上延续着,未来辉煌的前景正由他们书写。

亲爱的朋友,有机会,来趟班公湖吧,看看这里的山与水,人与情,执着与坚守,写写属于你自己的故事。

扫码观看《天边守"湖"人》视频

▲ 泉水湖边防巡逻　日土县党建办提供　▼ 日土县日土宗全景图　日土县网信办提供

[札达县]

藏西秘境·壮美札达

流年似锦，岁月不居。

当晨光点亮古格，古老神秘的苍茫在大地上缓缓苏醒。
放眼望去，万道金光洒向千沟万壑。
金色的脉搏在沟壑纵横间乍现，
辉映出古格银银的神煌，
穿梭千年至今。

/ 远道的旅客在神秘"古格"中探寻"土林"的奇观 /

坐落于冈底斯和喜马拉雅山脉之间的札达，由气势恢宏的土质莽林所环抱。大自然是最伟大的雕塑家，她用流水刻画出蜿蜒曲折的札达土林，她用风沙堆积出匠心独具的玛朗峡谷，她用神工鬼斧揉捏出"火星世界"般的霞义沟。

置身土林深处，放眼望去，满目的金碧辉煌在高原幻影下，宛如巧夺天工的火星世界。

▲ 札达底雅"宣"舞　摄影 / 尼玛多吉

在札达，最美的风景永远在路上。循着自然地理的轨迹前行，您总能看到想看的风景，找到属于自己的方向。

/ 婀娜的少女在轻歌曼舞中轻诉古格厚重的历史 /

如果说土林纯然是风物之美，那象泉河无疑是古老札达的底蕴所在，她不仅滋养了古老的象雄文明，也育养了厚道淳朴的札达人民。

沿着象泉河慢行，您总能觅见历史留下的珍贵遗迹。

▲ 札达全景　摄影 / 楚成桑布

/ 您可以在晨曦初晓中，邂逅少女的"宣"舞 /

在夕阳余晖下，寻迹消失的古格；
在漫天晚霞中，品鉴千年壁画、古寺名刹；
在时光凝结的地方，回味札达灿烂多彩的文化。

/ 银发的老阿妈在苹果的芬芳中唱响新时代旋律 /

辛勤的汗水闪耀喜悦，匆忙的脚步不知倦乏，每一名党员群众都在演绎着不同的风采，辛勤劳作的身影就是无言的丰碑。"打好土林牌，唱好古格戏，走好象雄路"，因地制宜闯出一条"党建+旅游"的乡村振兴之路，618余千米旅游环线实现闭环；投资1.1亿元，开发霞义沟旅游景区；设计生产札达服饰、古格景区等旅游宣传徽章、宣传画册；投入运营古格景区观光车、宾馆、饭店等，2022年旅游收入实现1.3亿元，解决群众就地就业390余人，人均年增收3000余元。让千年古格、万年土林摇身一变，成为群众增收致富的金山银山。

古老的历史，没有全数记录在浩如烟海的历史史册；悠久的文化，亦没有全然保留在人们的记忆之中。岁月寄存王朝悲吟，历史常演尘世喧嚣。华夏文明源远流长，悠悠千载处，暗藏尘封千年的秘密待您探寻，热情好客的札达人民欢迎您。

扫码观看《藏西秘境·壮美札达》视频

▲ 穹隆银城　新华社提供

后记

习近平总书记指出，要"讲好中国故事，传播好中国声音""通过理念、内容、形式、方法、手段等创新，使正面宣传质量和水平有一个明显提高"。西藏区情特殊，国际关注度高，更需要巩固和壮大主流思想舆论，传播中国声音的西藏音符、塑造社会主义新西藏的良好形象。

"格桑花开——组工干部讲故事 喜迎党的二十大"短视频大赛，筹办于2022年6月。自播出以来，全网累计点击量超过1亿多人次，20部作品入选全国优秀电教片，评为全国组织系统"优秀正能量"专题引导活动，呈现出5个特点。

在选题上，从时间、空间多个维度展开。《雪山下的忠诚》展现了西藏军区岗巴营战士"宁可向前十步死，绝不退后半步生"的铮铮铁骨。《信》记录了"家是玉麦、国是中国，放牧守边是职责"的卓嘎、央宗姐妹的传奇经历。《天边守"湖"人》讲述的是阿里党政军警民齐心固边防、守护班公湖的事迹。《帕隆江畔别样红》歌颂了川藏线上筑路英雄一不怕苦、二不怕死的革命英雄主义……这些故事，正气充盈、动人心魄，穿透力、感染力、生命力历久弥新、跨越时空。

在内容上，突出特色、亮点、创意。精心撰写文章、精心遴选图片、精心制作视频，把最"靓"的一面呈现出来。这其中，有那曲巴青《一根"草"的致富经》，有开荒桑钦坝、修渠莫拉山的《红色隆子 盛世边疆》，有那曲大学生创业者嘎桑加才《从挥鞭的放牛娃到掌舵的董事长》的成长历程，有从洞庭鱼米乡来到巍巍唐古拉开办世界最高海拔养蜂基地的《幸福"蜜码"》……一个个身边的人、一桩桩身边的事，诉说了西藏和平解放"短短几十年、跨越上千年"的人间奇迹。

在形式上，创新方法、打破定式。展现风物时，采取水墨画的"写意"方式，突出神韵和意境，把壮美的江河湖泊、草原湿地、森林雪山、冰川峡谷和历史古迹、人文风韵融为一体，《党旗下的网红打卡点》《藏西秘境 壮美札达》《我来守护她的颜值》《天上瑶池 人间羊卓》等，再一次擦亮了国道318、古格遗址、然乌湖、羊湖等众多热门"IP"，提升了雪域高原的知名度和美誉度。讲述人物时，采取工笔画的"写实"手法，以平凡彰显伟大，以小切口阐释大道理。《我的村干部是"Tony老师"》拿的是免费理发的小推剪，架起的是党群之间的"连心桥";《刚子的藏式婚礼》讲述的是年轻人的爱情故事，见证的是民族间的交往交流交融。

在制作上，严谨细致、精益求精。从选题到脚本、拍摄到剪辑、审片到播放都严格把关，既体现正确的宣传和舆论导向，又在音画之美中尽显风采。技术上突出一个"炫"字，强化现场感、代入感。《为古道代"盐"》《藏羚羊迁徙之旅》，让文化的"文气"和山河的"大气"扑面而来。表达上体现一个"精"字，叙事干净利落、语言精练简洁，不刻意拔高、不生硬说教。22次进藏、44年如一日，用《回家》诠释"一次援藏、终身援藏"情怀的李纯民；《党性光辉耀羌塘》的安多县原人大副主任扎西占堆，临终前用毕生积蓄缴纳大额党费……他们的人生和经历，不需要刻意渲染，本身就如春风化雨般浸润人心。

在传播上，主动适应"全程媒体、全息媒体、全员媒体、全效媒体"的发展大势，综合运用"报、网、端、微、屏"各种资源，开展排浪式、矩阵式宣传。《来自天上阿里的三封"书信"》被人民日报、光明日报、经济日报、中国日报、半月谈、中国组织人事报等90余家媒体刊载，浏览和点击量破千万次。《石榴结籽 情暖拉萨》被新华网、央视网、共产党员网、澎湃新闻、网易、新浪、腾讯等大量转发推介，播放量超1500万次。《峥嵘墨脱"路"》《一个白朗村庄里的西藏变迁故事》在亚洲华语文旅卫视播出，西藏的形象和声音传播到了海外华侨华人和港澳台同胞。

从活动的策划，到短视频的相继出炉，再到本书的成型，是一个打开视野、发现挖掘和创新创造的过程。我们突出组织部长的"主打效应"，7个地市、74个县区组织部长亲自出镜、亲身讲述，为当地经济社会发展背书增信。发挥宣传舆论的"传播效应"，对内凝聚思想、鼓舞士气、构建和谐，对外展示风采、提升形象、扩大影响。强化全员互动的"倍增效应"，营造人人都是自媒体、个个都是宣传员的浓厚氛围。

西藏是世界"屋脊"，是地球"第三极"，更是令人向往的诗和远方。在以习近平同志为核心的党中央坚强领导下，在党的二十大精神指引下，360多万各族人民像格桑花一样扎根雪域边陲，正在奋力谱写中国式现代化的西藏篇章！

"格桑花开"视频扫码矩阵

千年古城·幸福拉萨

拉萨市　城关区　堆龙德庆区　达孜区　墨竹工卡县　林周县　当雄县　尼木县　曲水县

世界之巅·魅力日喀则

日喀则市　桑珠孜区　昂仁县　白朗县　定结县　定日县　岗巴县　吉隆县

江孜县　康马县　拉孜县　南木林县　聂拉木县　仁布县　萨嘎县　萨迦县

谢通门县　亚东县　仲巴县

千年雅砻·藏源山南

山南市　乃东区　琼结县　贡嘎县　扎囊县　桑日县　曲松县　加查县

浪卡子县　隆子县　措美县　错那县　洛扎县

西藏江南·大美林芝

林芝市	巴宜区	米林县	波密县	工布江达县	朗县	墨脱县	察隅县

藏东明珠·魅力昌都

昌都市	卡若区	八宿县	边坝县	察雅县	丁青县	贡觉县	江达县

类乌齐县	洛隆县	左贡县	芒康县

高原明珠·羌塘那曲

那曲市	色尼区	安多县	巴青县	索县	班戈县	比如县	嘉黎县

尼玛县	聂荣县	申扎县	双湖县

藏西秘境·天上阿里

阿里地区	噶尔县	措勤县	改则县	革吉县	普兰县	日土县	札达县

图书在版编目（CIP）数据

格桑花开:组工干部讲故事/"格桑花开——组工干部讲故事 喜迎党的二十大"短视频大赛专项活动办公室编. -- 拉萨：西藏人民出版社，2023.9（2024.1重印）

ISBN 978-7-223-07364-6

Ⅰ.①格… Ⅱ.①格… Ⅲ.①故事—作品集—中国—当代 Ⅳ.①I247.81

中国国家版本馆CIP数据核字(2023)第193754号

格桑花开——组工干部讲故事

编　　者：“格桑花开——组工干部讲故事 喜迎党的二十大”
　　　　　短视频大赛专项活动办公室
责任编辑：计美旺扎　扎西欧珠　张慧霞
美术编辑：罗桑扎西
装帧设计：银川兴艺丰德传媒有限公司
责任印制：拉姆曲珍
出版发行：西藏人民出版社/地址：拉萨市林廓北路20号，邮编：850000
印　　刷：宁夏银报智能印刷科技有限公司
开　　本：889毫米×1194毫米1/16
印　　张：25.25
字　　数：180千字
版　　次：2023年9月第1版
印　　次：2024年1月第2次印刷
书　　号：ISBN 978-7-223-07364-6
定　　价：288.00元

版权所有·翻印必究
凡购买本社图书，如有印制质量问题，请与我社发行部联系调换
联系电话/传真：0891-6826115